RAPHAEL

PAR

FRÉDÉRIC KŒNIG

TOURS

ALFRED MAME ET FILS, ÉDITEURS

BIBLIOTHÈQUE

DE LA

JEUNESSE CHRÉTIENNE

APPROUVÉE

PAR Mᵍʳ L'ARCHEVÊQUE DE TOURS

—

3ᵉ SÉRIE IN-8°

Raphael est recommandé au *gonfaloniere* de Florence
par la sœur du duc d'Urbin. (P. 48.)

RAPHAEL

PAR

FRÉDÉRIC KŒNIG

NOUVELLE ÉDITION

TOURS
ALFRED MAME ET FILS, ÉDITEURS

M DCCC LXIX

INTRODUCTION

L'ÉCOLE OMBRIENNE ET FRA GIOVANNI DE FIESOLE

« Tandis que les tendances de l'école de Florence, avons-nous dit ailleurs (1), la portaient, depuis Giotto, à se rapprocher de l'antiquité païenne, on retrouvait encore, à

(1) Voir notre *Introduction à l'Histoire de Michel-Ange*; 1 vol. in-8°, faisant partie de cette même collection, et publié par Alfred Mame et fils, à Tours.

l'ombre du cloître, une école réellement forte
et puissante de peintres religieux, qui, artistes
habiles autant qu'aucun de leur époque, re-
noncèrent volontairement à plusieurs res-
sources de leur art, pour ne produire en peinture que ce que la religion et le besoin des
églises exigeaient. » Dans le même temps,
une autre école, humble et disséminée dans
les montagnes de l'Ombrie, gardait aussi les
pures et sévères traditions de l'art chrétien,
et n'avait subi que très indirectement l'influence de la rénovation qui s'accomplissait si
près d'elle. Ce n'était point l'art pour l'art
qu'elle poursuivait ; l'art n'était point son
but : elle l'employait comme un moyen précieux, dans un temps d'ignorance, de compléter l'enseignement oral, en représentant les
scènes de l'Évangile ou de la vie des saints,
et si ces maîtres pieux ont donné à leurs ouvrages une si suave et si exquise beauté, ce
n'était que pour rendre la vérité plus aimable,
et parce qu'un reflet de leur propre cœur il-

luminait les saints personnages qu'ils représentaient. Ils se bornaient à mettre en pratique les préceptes du second concile de Nicée : *Sancta et Dei catholica Ecclesia ad pœnitentiam et cognitionem mandatorum Dei, omnes nostros sensus trahit et studet nos deducere, non modo per auditum, sed per visum, morum correctionem moliri cupiens.* — « La sainte Église catholique de « Dieu met en œuvre tous nos sens pour « nous amener à la pénitence et à l'observa- « tion des ordres de Dieu ; elle s'efforce de « nous entraîner non seulement par l'oreille, « mais par la vue, dans le désir qu'elle a de « perfectionner nos qualités morales. »

« Ces peintres croyants étaient des moines pour la plupart, et ils se contentèrent d'abord d'orner de miniatures des livres de chœur, des missels ou des objets destinés au culte. Sans préoccupation mondaine ni science, ils mirent dans leurs œuvres une grâce et une chasteté, une ardeur convaincue, souvent un

goût et un sentiment instinctif de beauté, qui
jettent l'âme dans l'extase religieuse qu'ils
éprouvaient eux-mêmes en traçant ces pieuses
images (1). »

C'est fra Giovanni, le pieux moine de Fiesole, surnommé l'Angelico, qui personnifia
dans ce qu'elle offre de plus pieux et de plus
savant la peinture mystique de l'Ombrie.
Avant de prendre l'habit religieux, fra Giovanni se nommait Guido ou Guidolino. Il était
né en 1387, dans un village de la Toscane. Il
avait un frère cadet, nommé Benedetto, mi-
niaturiste de talent et auteur d'un assez grand
nombre d'ouvrages attribués à tort à l'Angelico. En 1407, les deux frères prirent l'habit
des Frères prêcheurs dominicains, à Fiesole
près de Florence, et ils prononcèrent leurs
vœux l'année suivante. En 1409, par suite
des troubles qui éclatèrent en Italie, et surtout
en Toscane, les dominicains de Fiesole se

---

(1) M. Charles Clément, *Étude sur Michel-Ange, Léonard
de Vinci et Raphael.*

retirèrent à Foligno, en Ombrie, où leur
ordre avait un couvent. Ils ne revinrent à
Fiesole qu'en 1418, lorsque la tranquillité
fut complètement rétablie.

Quoique pendant son séjour à Foligno fra
Giovanni n'ait pas laissé d'œuvres dont on ait
gardé le souvenir, il est certain que durant ce
temps il exerça, soit par ses conseils, soit par
ses leçons, une influence remarquable sur
l'école ombrienne, influence qui se continua
longtemps après son départ. De retour à Fiesole, et pendant la période de dix-huit années
qui suivit ces tribulations, fra Giovanni peignit
de nombreux tableaux, qui sont réunis pour
la plupart dans les salles de l'Académie de
Florence, ainsi que les deux fresques qui
ornent le réfectoire et la salle du chapitre du
couvent. C'est aussi de cette époque que date
le grand tabernacle qu'il fit pour la confrérie
des drapiers de Florence, et qui se trouve à
la galerie des offices. Ce tableau est assuré-
ment un de ses plus parfaits ouvrages. Le

sujet principal est une Vierge plus grande que nature avec l'enfant Jésus sur ses genoux ; elle est entourée d'une guirlande de douze anges, qui jouent de divers instruments de musique, et qui sont d'une beauté merveilleuse. Les deux volets qui recouvrent le tableau principal représentent saint Jean-Baptiste, saint Pierre et saint Marc, protecteurs de la confrérie. Ces peintures ont un grand caractère, qu'on ne s'attend pas à trouver chez un maître élevé à l'école des miniaturistes.

En 1436, fra Giovanni Angelico fut chargé de la décoration intérieure du couvent de Saint-Marc à Florence, récemment concédé aux dominicains. Parmi les nombreuses peintures dont il couvrit les murs des cellules et des corridors de ce monastère, nous ne citerons que *l'Adoration des Mages* et *le Crucifiement*, œuvres où se retrouvent, peut-être à un plus haut degré que dans aucun de ses ouvrages, toute la candeur et la piété de l'artiste.

Vers 1447, le pape Eugène IV l'appela à Rome, et le chargea de peindre au Vatican une chapelle contiguë aux salles que Raphael devait plus tard décorer. « Il y représenta, en six compartiments, les scènes principales de la vie de saint Laurent et de saint Étienne. Fra Giovanni était alors à l'apogée de son talent... Les peintures de cette chapelle ont une puissance, une beauté, une largeur de composition, qui ne se trouvent pas au même degré dans ses tableaux de petite dimension. Les têtes sont pleines de vie ; l'ordonnance est savante ; les draperies, mieux étudiées, appartiennent à la peinture d'histoire, et ne rappellent plus les habitudes de la miniature (1). »

S'il faut en croire Vasari, l'archevêché de Florence étant devenu vacant à cette époque, Eugène IV, autant frappé de la piété de fra Giovanni que de son talent, voulut l'élever

(1) M. Charles Clément, *Étude sur l'art en Italie avant le* XVIᵉ *siècle.*

sur ce siège archiépiscopal. Le modeste moine, effrayé de la responsabilité attachée à cette dignité, et recherchant l'obscurité plus que les honneurs, supplia le pape « de jeter ses vues sur un autre, parce qu'il ne se sentait pas propre à gouverner le peuple » ; mais il lui parla de fra Antonio, « un moine de son ordre, amoureux des pauvres, très savant, sachant commander, craignant Dieu, qui conviendrait mieux que lui-même. » Sur cette recommandation, fra Antonio fut, en effet, nommé archevêque de Florence.

Cette anecdote, dont on pourrait peut-être contester l'authenticité, s'accorde du moins parfaitement avec l'extrême modestie qui était le trait distinctif du pieux dominicain. Fra Giovanni mourut à Rome en 1455, et fut enseveli dans l'église Santa-Maria-sopra-Minerva. Ses élèves, et particulièrement Benozzo Gozzoli, répandirent dans toute l'Italie sa doctrine, qui se maintint surtout en Ombrie jusqu'à Pérugin.

On garda pendant longtemps un souvenir
vif et attendri du caractère et des vertus de ce
pieux artiste, pour qui la peinture était avant
tout un moyen de se sanctifier et de glorifier
Dieu. Vasari nous a laissé en termes vrais et
bien émus un portrait touchant du moine de
Fiesole : « Plût à Dieu, s'écrie-t-il, que tous
les religieux consacrassent leur vie, comme
cet homme vraiment évangélique, au service
de Dieu et du prochain ! Que peut-on et que
doit-on plus désirer que d'acquérir le royaume
du ciel en vivant saintement, et une renommée
éternelle sur la terre en produisant des chefs-
d'œuvre ? Du reste, un talent comme celui de
fra Angelico ne pouvait et ne devait apparte-
nir qu'à un homme de sainte vie. Les peintres
qui traitent des sujets pieux doivent être
pieux eux-mêmes. Je ne voudrais cependant
pas que l'on arrivât à trouver pieux ce qui
n'est que fade, et lascif ce qui n'est que beau.
Fra Giovanni était d'une simplicité de mœurs
et d'une naïveté extraordinaires. Un jour, le

pape Nicolas V l'ayant invité à manger de la viande, il s'en fit conscience parce qu'il n'avait pas de permission de son prieur, oubliant l'autorité du souverain pontife... Sans cesse occupé de peinture, il ne voulut jamais employer son pinceau qu'à représenter des sujets de piété. Il aurait pu acquérir des richesses; mais il n'en faisait pas de cas, et disait qu'elles consistaient à se contenter de peu. Il aurait pu commander; mais il s'y refusa constamment, prétendant qu'il est plus aisé d'obéir. Il aurait pu obtenir de hautes dignités; mais il les dédaigna, affirmant qu'il ne cherchait qu'à éviter l'enfer et à gagner le paradis. Plût à Dieu que les hommes n'eussent jamais que cette sainte ambition! D'une sobriété et d'une chasteté extrêmes, il sut éviter les pièges du monde, répétant souvent que le repos et la tranquillité sont nécessaires à un artiste, et que celui qui peint l'histoire du Christ ne doit penser qu'au Christ. On ne le vit jamais se mettre en colère; il se bornait à répondre à ses amis avec douceur et en riant. Il n'accomplissait aucun travail sans avoir demandé l'agrément de son prieur. Enfin toutes les actions de ce bon père sont empreintes d'humilité et de modestie. Ses tableaux, pleins de facilité, respirent la dévotion la plus profonde. Les saints qu'il peignit se distinguent par un aspect divin que l'on ne rencontre chez aucun autre artiste... Jamais il ne touchait ses pinceaux avant d'avoir fait sa prière. Il ne représenta jamais le Sauveur sur la croix sans que ses joues fussent baignées de larmes ; aussi les visages et les attitudes de ses personnages laissent-ils deviner toute la sincérité et la vivacité de sa foi. »

« Benozzo Gozzoli et Gentile da Fabriano, élèves de fra Giovanni, développèrent et répandirent au loin les doctrines ombriennes ; mais, arrivée avec ces trois maîtres à son apogée, cette école déclina rapidement (1).

(1) Le musée national du Louvre possède un tableau de chacun de ces trois maîtres : 1° DE FRA GIOVANNI, sous le

Elle ne disparut pas, mais se transforma. D'essentiellement ecclésiastique qu'elle avait été jusque-là, elle devint laïque. La seconde école d'Ombrie, tout en conservant le caractère mystique, tout en restant dans la voie traditionnelle à l'égard des sujets, des types

numéro 214, *le Couronnement de la Vierge et les miracles de saint Dominique*, grand tableau de deux mètres treize centimètres de hauteur, sur deux mètres onze centimètres de largeur, peint sur bois. Le Christ, revêtu d'habits royaux, est assis sur un trône à colonnettes d'une riche architecture, et exhaussé de neuf marches de marbre de différentes couleurs, probablement symboliques. Une place, à sa droite, est réservée pour sa mère. Il tient des deux mains une couronne qu'il va déposer sur la tête de la Vierge, agenouillée devant lui, les mains croisées sur la poitrine. De chaque côté du trône, douze anges avec de grandes ailes de pourpre, des robes flottantes et de petites flammes rouges sur la tête, tiennent différents instruments, et célèbrent par leur concert le moment solennel. Un seul de ces anges, à gauche, est en prière. Au-dessous des anges sont les saints et les saintes, dix-huit à gauche, vingt-deux à droite.

La partie inférieure du tableau se divise en sept petits compartiments, représentant chacun un trait de la vie de saint Dominique.

2º DE BENOZZO GOZZOLI, sous le numéro 72, *le Triomphe de saint Thomas d'Aquin*. « Ce tableau, dit Vasari, représente un saint Thomas d'Aquin au milieu d'un grand

de la composition générale, profita, dans une
certaine mesure, des progrès accomplis dans
les autres écoles de l'Italie. Elle devint plus
savante et moins naïve; gagna-t-elle à cette
transformation autant qu'elle y perdit? Sans
doute le Pérugin et le Pinturicchio, les premiers représentants de la seconde école ombrienne, sont de grands peintres; mais, au
temps où ils vivaient, la faiblesse compara-
tive de leurs œuvres (1) n'avait plus ni motifs

nombre de docteurs qui disputent sur ses ouvrages. Parmi
ces figures, on remarque le pape Alexandre IV, une foule
de cardinaux, de chefs et de généraux de différents ordres.
Ce tableau est le meilleur et le plus pur que Benozzo ait
jamais fait. »

Il était autrefois dans le dôme de Pise. Il a été apporté
en France à la fin du dernier siècle.

3° Et de GENTILE DA FABRIANO OU BARTOLOMMEO DI
GENTILE DA URBINO, sous le numéro 66, *la Vierge et
l'Enfant Jésus*. La Vierge, assise sur un trône cintré et
incrusté de marbres précieux, tient dans ses bras l'enfant
Jésus, dont le cou est orné d'un collier de corail. Ce tableau
a été acheté en 1840 par Louis-Philippe pour le musée du
Louvre.

(1) Le musée national du Louvre possède cinq tableaux
du Pérugin, sous les numéros 441, 442, 443, 444, 445, et

ni excuse, et quant au sentiment religieux
qu'elles présentent, il est souvent systéma-
tique et conventionnel (1). Sans force et sans
audace, cette école n'a rien de ce qui place si
haut celle de Florence ; elle n'a pas davantage l'émotion, l'intimité, la ferveur qu'on
trouve dans les moindres compositions du
moine de Fiesole. Elle ne devait cependant
pas périr. Précisément au moment où elle
allait se perdre dans le grand courant florentin, un merveilleux génie apparut. Raphael
hérita de ce qu'elle conservait de véritable-
ment fécond ; sa belle, facile et heureuse
nature reçut et développa ces germes qui chez
tout autre auraient dégénéré. Il les transporta
à temps dans le terrain fertile du naturalisme ;

un tableau du Pinturicchio, inscrit sous le numéro 292.
(Voir dans le courant de l'ouvrage les notes relatives à ces
deux peintres.)

(1) Quoique le Pérugin n'ait presque jamais peint que des
sujets de piété, Vasari l'accuse d'athéisme, ce qui, sans
doute, est exagéré ; mais il est certain qu'il était loin d'être
inspiré par la foi vive qui animait fra Giovanni.

mais les œuvres qui en sortirent gardèrent toujours, comme un signe de leur origine, le parfum des montagnes natales (1). »

(1) M. Charles Clément, *Études sur Raphael.*

RAPHAEL

CHAPITRE I

RAPHAEL A L'ÉCOLE DU PÉRUGIN

Près du point le plus élevé de l'Apennin, qui sépare la Marche d'Ancône de la Toscane et de l'Ombrie, s'élève la jolie petite ville d'Urbin, remarquable par sa situation pittoresque et par la salubrité de son climat. Les montagnes qui l'entourent se dessinent en cône aigu, et forment sur le ciel, jusqu'à l'Adriatique, des zigzags pareils aux flots soulevés d'une mer impétueuse. Cette ville, qui fait aujourd'hui partie de l'État ecclésiastique, était autrefois la capitale d'un duché appartenant à l'illustre et ancienne famille de Montefeltro, à laquelle succéda la maison de la Rovère (1508), dont le dernier duc légua ses États au saint-siège (1626).

Sous les règnes de Frédéric III et de Guid'-Ubaldo Ier (1444-1508), les deux derniers ducs de la famille de Montefeltro, vivait à Urbin un peintre d'un certain mérite, nommé Giovanni Sanzio. Son nom patronymique avait été originairement *De'Santi* ou *Santi;* mais l'usage l'avait italianisé et transformé en celui de *Sanzio.* La famille de Sanzio était ancienne à Urbin. Comptant une succession de citoyens recommandables dans plus d'une profession, elle avait produit plusieurs peintres. Giovanni était un artiste remarquable pour son époque; mais il est probable que son nom serait resté dans l'oubli, s'il n'avait été le père et le premier maître du plus grand peintre des temps modernes, et peut-être de tous les temps.

Giovanni Sanzio habitait, avec sa femme Magia Ciarla, une maison qui subsiste encore dans la rue *del Monte*, lorsque naquit ce fils bien-aimé, auquel il donna au baptême le nom de Raphael, nom sans précédent dans la famille; comme s'il eût pressenti la splendeur céleste à laquelle cet enfant devait s'élever, et « qui devait, selon l'expression d'un de ses historiens, être l'étoile la plus brillante au firmament des arts (1) ».

On ne sait rien des premières années de l'enfance de Raphael, sinon que son père ne voulut pas qu'il eût une autre nourrice que sa mère.

Avec le lait maternel, Raphael semble avoir sucé le goût de la peinture. Ses premiers regards se portèrent sur des tableaux; ses premiers jouets furent des pinceaux, une palette et des couleurs. A peine sorti de la première enfance, il commença à manifester de grandes dispositions pour l'art. Dès l'âge de huit à neuf ans, il aidait déjà son père dans quelques travaux où se révélaient les signes précurseurs et extraordinaires de son talent. Il est déplorable que l'on n'ait rien conservé de ces premiers essais; car on ne saurait regarder comme authentiques quelques ébauches plus ou moins bien réussies qui lui ont été attribuées par deux ou trois de ses biographes.

Il entrait à peine dans sa neuvième année, lorsqu'il fut frappé d'un grand malheur : sa mère, la belle et douce Magia Ciarla, mourut après

(1) Passavant, *Histoire de Raphaël et de Giovanni Sanzio, son père,* tome Ier.

quelques jours de maladie. Dans le courant de
l'année suivante, Giovanni Sanzio épousa en se-
condes noces Bernardina, fille de Pietro di Parte,
orfèvre de ses amis. Il avait pensé donner à son fils
une seconde mère : il ne lui donna qu'une ma-
râtre ; lui-même avait espéré trouver dans Bernardina une compagne qui remplacerait la tendre
Magia : il ne rencontra qu'une femme acariâtre,
impérieuse, qui lui rendit l'existence insuppor-
table.

Au chagrin qu'il ressentait se joignit bientôt une
maladie qui ne tarda pas à le conduire aux portes
du tombeau. Sentant sa fin approcher, quoiqu'il
fût encore dans la vigueur de l'âge, il commença
par remplir tous ses devoirs de chrétien, puis il fit
un testament dans lequel il nomma son frère, don
Bartolommeo Sanzio, tuteur de Raphael, et son
beau-père Pietro di Parte, curateur de l'enfant
dont sa femme Bernardina était enceinte.

Giovanni, après s'être mis, selon son expression, « en règle avec le ciel et la terre, » rendit
son âme à Dieu le 1er août 1494.

Raphael entrait alors dans sa douzième année,
c'est-à-dire qu'il était en âge de comprendre et
d'apprécier la perte qu'il venait de faire. Cette
perte lui fut d'autant plus sensible, qu'il ne ren-

contrait autour de lui, dans la maison paternelle,
que des cœurs froids, indifférents ou même anti-
pathiques. Sa belle-mère et son tuteur étaient sans
cesse en querelle pour des questions d'intérêt où
souvent la justice fut obligée d'intervenir. Au milieu de ces dissensions, le jeune Raphael était négligé et en quelque sorte abandonné à lui-même.
Peut-être est-ce à ses premiers chagrins, aux
regrets qu'ils lui inspirèrent, qu'il dut cette mélancolie qu'il conserva pendant toute sa jeunesse,
et dont on retrouve l'expression dans les portraits
qu'il nous a laissés de lui.

Cette triste existence, si elle se fût prolongée,
pouvait avoir les plus funestes effets sur une
nature aussi sensible et aussi impressionnable;
heureusement il rencontra dans la famille de
sa mère un cœur compatissant qui sut gagner sa
confiance. Son oncle maternel, Simone di Battista Ciarla, avait compris la nature élevée et délicate, l'ardeur et le génie naissant du fils de sa
chère sœur Magia, et il n'avait rien épargné pour
le consoler, l'encourager et le soutenir dans ses
défaillances.

Remarquons, avant d'aller plus loin, que jamais Raphael, au comble de la gloire, n'oublia
les bontés de cet oncle, et que, durant toute sa

vie, il lui témoigna la plus touchante et la plus
filiale affection, comme nous le verrons dans la
suite par quelques pages de sa correspondance.

Cependant la veuve de Giovanni avait donné le
jour à une petite fille qui reçut le nom d'Élisabetta. La naissance de cette enfant ne changea rien
à la situation du jeune Raphael. Les prétentions
du curateur de l'enfant posthume vinrent ajouter
un élément de discorde à ceux qui existaient déjà
entre le tuteur de Raphael et sa belle-mère. Dans
ces tristes circonstances, l'oncle Simone Giarla fut
obligé de s'entendre avec le tuteur Bartolommeo,
pour éloigner Raphael de la maison paternelle et
le confier à un peintre éminent capable de perfectionner son talent.

Il y avait alors non loin d'Urbin, à Pérouse,
un artiste que le père de Raphael avait déjà distingué (1), et qui séduisait tout le monde par la
beauté et la grâce de ses créations. C'était Pietro
Vannucci, plus connu sous le nom de Pérugin,

(1) Dans une chronique rimée, sur la vie de Frédéric III,
duc d'Urbin, écrite par Giovanni Sanzio, on remarque le
passage suivant, où il parle des peintres célèbres de son
temps :

Due giovin par d'etate e par d'amori
Lionardo da Vinci e'l Perusino
Pier della Pieve, che son divin pittori.

parce qu'il était né à Città-della-Pieve, près de Pérouse, et qu'il fonda une école dans cette ville. Il était alors à l'apogée de sa gloire, conquise principalement par ses ouvrages exécutés à cette époque, et qui font encore aujourd'hui l'ornement de plusieurs musées de l'Europe et d'un grand nombre d'églises d'Italie (1).

(1) Nous citerons entre autres : la belle madone, de forme ronde, avec des saintes et des anges, achetée à la vente du roi Guillaume des Pays-Bas, en 1850, pour le musée du Louvre, moyennant 53,502 francs, avec les frais; le tableau d'autel, aujourd'hui dans l'église San-Giovanni-la-Calza, à Florence; *le Christ mort,* pleuré par ses disciples et par les saintes femmes, au palais Pitti, à Florence; le magnifique tableau d'autel représentant l'ascension du Christ, autrefois à San-Pietro-Maggiore, à Pérouse, actuellement au musée de Lyon; deux madones très remarquables, dans la galerie du Belvédère, à Vienne; *la Vierge apparaissant à saint Bernard,* tableau d'une grande beauté, provenant de la chapelle Nasi, dans l'église San-Spirito, à Florence, et acheté, il y a quelques années, par le roi de Bavière. Enfin nous mentionnerons encore le célèbre tableau du *Mariage de la sainte Vierge et de saint Joseph,* généralement connu sous le nom de *Sposalizio,* qui était autrefois dans la cathédrale de Pérouse, et qui fut enlevé par les Français pendant les guerres d'Italie, à la fin du siècle dernier. Ce tableau fut envoyé, en 1804, au musée de Caen, où il est encore dans un parfait état de conservation. Nous verrons que Raphael a fait aussi un tableau sur le même sujet, où, sans copier son maître, il s'est inspiré de ses idées.

Ce fut donc le Pérugin que l'oncle Ciarla choisit pour être le guide de son neveu dans la carrière de l'art. Le maître accueillit avec empressement ce jeune élève, dont la physionomie intelligente annonçait les heureuses dispositions; mais, quelque bonne opinion qu'il en eût, il ne pouvait se douter que bientôt l'élève s'emparerait des inspirations de son maître, les transformerait et les élèverait à une hauteur que le maître lui-même n'avait pas pressentie.

Les belles qualités du Pérugin lui avaient valu à cette époque une des écoles les plus nombreuses de l'Italie, et quand Raphael arriva dans cet atelier (vers 1495), il y fut entouré de compagnons dont plusieurs avaient un talent très distingué. Il y fit, entre autres, la connaissance d'Andrea di Luigi d'Assise, surnommé l'*Ingegno*, artiste déjà mûr, qui avait exécuté des fresques remarquables à Rome, à Orvieto et dans sa ville natale; de Bernardino di Betto, de Pérouse, surnommé le *Pinturicchio*, qui, dans sa jeunesse, avait beaucoup travaillé avec le Pérugin. Le Pinturicchio s'attacha à Raphael et s'en servit souvent.

Nous citerons encore Giambattista Caporali, Sinibaldo Ibi et Eusebio di San-Giorgio, tous de Pérouse, et tenant un rang honorable parmi les peintres de l'école d'Ombrie, comme on appelle l'école de Pérouse. Nous passons sous silence un grand nombre d'autres moins connus.

Tous ceux que nous venons de nommer étaient plus âgés que Raphael, et plusieurs avaient déjà acquis un talent réel. Quoiqu'il eût bientôt gagné par sa modestie et son aménité l'affection de tous ceux qui fréquentaient l'école du Pérugin, il ne se lia guère d'une amitié étroite qu'avec deux jeunes gens de son âge : l'un, Domenico di Paris Alfani, de Pérouse ; l'autre, Gaudenzio Ferrari, de Valduggia. Celui-ci surtout s'attacha d'une manière toute particulière à Raphael ; il alla avec lui à Rome, et, sauf de rares intervalles, il resta son inséparable compagnon.

Si, dès l'abord, Pérugin, étonné de la précocité du talent de Raphael dans le dessin, charmé de ses dispositions, de son extérieur, et de la grâce de son élève, pronostiquait qu'il devait bientôt devenir son maître, le jeune homme, de son côté, imitait Pérugin, comme s'il ne devait jamais cesser d'être son élève. Les copies de l'un ne se distinguaient point des originaux de l'autre. Lorsque le disciple avait travaillé en société aux ouvrages du maître, le travail n'en paraissait pas moins d'une seule main.

On peut désigner comme un des premiers ouvrages authentiques de Raphael, dans l'école du
Pérugin, *l'Enfant Jésus caressant le petit saint
Jean-Baptiste*, composition extraite d'une composition plus grande, représentant la famille de
sainte Anne, que son maître peignit pour un autel
de l'église Santa-Maria-de'-Fossi, à Pérouse. Le
tableau du Pérugin est actuellement au musée de
Marseille. La petite copie, où Raphael imita parfaitement le style du Pérugin, est peinte à la détrempe sur fond d'or, sans doute comme exercice de pinceau. On la voit aujourd'hui dans la
sacristie de l'église San-Pietro-Maggiore, à Pérouse.

D'autres études de Raphael, d'après son maître,
nommément les dessins à la plume, d'après les
tableaux des *Prophètes David et Isaïe*, et un *Saint
Sébastien*, sont conservés à l'Académie de Venise.

Un des premiers dessins de sa propre invention
représente un saint Martin à cheval. Cet intéres-
sant dessin se trouve aujourd'hui au *Stacdelsche
Institut*, à Francfort-sur-Mein.

Raphael eut bientôt acquis une facilité merveilleuse, et il montrait de si heureuses dispositions,
que le Pérugin n'hésita pas à l'employer dans ses
propres ouvrages. L'assistance de Raphael est sur-

tout notable dans une *Résurrection du Christ*, destinée à l'église des franciscains de Pérouse, et qui
est aujourd'hui au Vatican. Il est même probable
que le Pérugin lui en abandonna l'entière exécution; car les études pour les deux gardiens endormis et pour les deux gardiens qui s'enfuient se
trouvent de la main de Raphael lui-même dans la
collection d'Oxford. N'omettons pas une particularité digne de remarque : le plus âgé des gardiens
a les traits du Pérugin, tandis que le plus jeune
est le portrait de Raphael; c'est, suivant nous, la
plus ancienne preuve de l'intimité qui unissait le
maître et le disciple, et qui dura toute leur vie.

Il résulterait des recherches faites sur les travaux de Raphael à cette époque, que son génie
aurait dès lors singulièrement influé sur le talent
du Pérugin, non précisément dans l'exécution,
mais dans la partie du goût et de la grâce. Ainsi
l'élève aurait donné au maître d'importantes leçons, et un pareil fait tourne également à l'honneur de l'un et de l'autre.

Les divers auteurs qui ont écrit la vie de Raphael se sont attachés à rechercher minutieuse-
ment tous les petits ouvrages qu'il composa pendant son séjour à l'école du Pérugin. Nous ne les
suivrons pas dans cette recherche, qui nous mène-

rait trop loin, et qui d'ailleurs n'offre guère qu'une nomenclature d'œuvres plus ou moins importantes, de dessins, d'essais de tout genre ajoutant peu de chose à la gloire de Raphael, mais qui sont une preuve du travail assidu, incroyable, auquel ce livrait ce jeune homme, j'ai presque dit cet enfant.

CHAPITRE II

PREMIERS OUVRAGES DE RAPHAEL APRÈS SA SORTIE DE L'ÉCOLE
DU PÉRUGIN. — SA PREMIÈRE MANIÈRE

De nouvelles discordes dans sa famille vinrent
le déranger au milieu de ses études si actives et
si fécondes. Il fut obligé de retourner à Urbin,
en 1494, afin d'accommoder lui-même ces diffé-
rends, et il eut le bonheur d'y réussir. Il accorda
à sa belle-mère, pour la petite Élisabetta, les
frais de subsistance pendant deux années et vingt-
six florins en argent.

Vers cette époque, le Pérugin ayant été appelé à
Florence pour certaines affaires, qui le retinrent
quelque temps dans cette ville, Raphael profita de

son absence pour faire quelques excursions dans les environs de Pérouse. Il se rendit à Città-di-Castello, où on lui commanda deux ouvrages, les premiers qu'il ait faits en dehors de l'atelier du maître. L'un était une bannière exécutée pour l'église de la Trinité; l'autre, un Christ en croix pour la chapelle de la famille Gavari, dans l'église des dominicains.

La bannière est peinte à la colle sur deux toiles sans préparation. Le sujet n'est pas le même sur l'un et sur l'autre côté; on les a disjoints, et ils sont actuellement suspendus à part. L'un représente la sainte Trinité; l'autre, la création de l'homme.

La Trinité est tout à fait traitée selon la manière traditionnelle pratiquée dans l'atelier du Pérugin : Dieu, le Père, assis sur un nuage, tient devant lui un Christ en croix, et le Saint-Esprit, symbolisé en colombe, plane entre les deux figures. Au pied de la croix sont agenouillés, conformément aux exigences de la commande, saint Sébastien, vêtu, tenant une flèche, et saint Roch, tous deux levant les regards vers Dieu.

Dans la création de l'homme, Raphael se montre plus original. Adam est endormi par terre, près d'un pan de rocher qui projette une ombre mystérieuse ; sur cette ombre se détache en lumière le Père éternel, s'approchant pour former Ève. Deux anges en adoration effleurent à peine du pied les nuages qui les portent. Chaque sujet est gracieusement encadré d'un ornement à méandres et à palmettes sur fond bleu d'azur. Dans la bordure du manteau du Père éternel est un R, très visible comme signature de l'auteur.

Le Christ en croix est accompagné dans le haut par deux anges, dont l'un recueille dans un calice le sang qui sort de la main droite ; l'autre tient deux calices pour recevoir, d'une part, le sang de la main gauche, et, de l'autre, celui du côté qu'a percé la lance. La sainte Vierge, saint Jean, la Madeleine et un autre saint (saint Jérôme) assistent à ce mystérieux spectacle de douleurs ; le Père éternel couronne le sommet du tableau. Il est signé ainsi : RAPHAEL *Vrbinas P.*

Tous ces tableaux, toutes ces figures pourraient passer pour des meilleures œuvres du Pérugin, si l'on n'y lisait la signature de Raphael. Cependant les connaisseurs remarquent qu'en général le ton et le dessin y sont plus faibles que chez le maître, mais que les expressions des têtes y sont plus fines et plus spirituelles ; la Vierge surtout est d'une beauté déjà très supérieure à l'art du maître, et qui n'a été surpassée par l'élève que dans les dernières productions de son pinceau (1).

Raphael n'était âgé que de seize à dix-sept ans quand il fit les tableaux que nous venons de citer. Une *Sainte Famille*, de la même époque, mais qui malheureusement n'a pas été conservée, portait son nom et son âge. Voici comment l'a décrite Morcelli, qui avait vu ce tableau à Fermo, chez un seigneur de cette ville : « La Vierge est représentée soulevant des deux mains le voile léger étendu sur le berceau du divin enfant qui dort. Saint Joseph est tout auprès, et le long de son bâton on lit l'inscription suivante : R. S. V. A. A. XVII. P. Ce qui signifie : *Raphael Sanzio Urbinas, anno ætatis* 17, *pinxit.* « Raphael Sanzio, d'Urbin, a peint ce tableau à l'âge de dix-sept ans. »

Ces peintures, ayant attiré l'attention, valurent à Raphael la commande d'un tableau plus impor-

---

(1) Le tableau du *Christ en croix* avait été acheté à Rome par le cardinal Fesch. A la vente du mobilier, après le décès de ce cardinal, en 1845, ce tableau fut acheté par lord Ward, dont il orne maintenant la galerie, à Londres. Il a été payé 10,000 écus romains, soit environ 55,000 francs, avec les frais. Il a fait partie de la grande exposition de Manchester, en 1857.

tant pour l'église des augustins dans la même
ville : le Couronnement céleste du saint ermite
Nicolas de Tolentino, célèbre par ses miracles. Le
peintre avait représenté, à la partie supérieure
de son tableau, Dieu le Père, entouré de têtes de
séraphins; à ses côtés la Vierge et saint Augustin; toutes figures à mi-corps dans les nuages, et
tenant ensemble une couronne au-dessus de la tête
de l'ermite. Celui-ci, un crucifix à la main, foulait
un démon étendu à ses pieds; quatre anges, en
deux groupes, l'entouraient en portant des bande-
roles de parchemin, sur lesquelles étaient écrites
ses louanges.

Pendant près de trois siècles, ce tableau orna
l'église des augustins. Mais l'église ayant été presque détruite par un tremblement de terre, les
moines, désireux de la restaurer, vendirent le Raphael, assez endommagé, au pape Pie VI, en 1789,
moyennant une somme considérable, qui suffit
amplement aux réparations projetées. Le tableau
fut coupé en plusieurs morceaux qu'on suspendit
dans une chambre du Vatican; ils ont disparu lors
de l'invasion française. Il ne resta de ce tableau
que la description qu'en a donnée Lanzi et une
esquisse faite par Wicar, peintre, élève de David,
qui a longtemps séjourné en Italie. Ce peintre,

mort en 1834, a légué au musée de Lille, sa ville
natale, toute sa collection, fort considérable, de
dessins de grands maîtres, parmi lesquels figure
l'esquisse du *Couronnement de saint Nicolas*.

Ces travaux terminés, le jeune artiste retourna
à Pérouse et y fit divers tableaux, de grandes et
de petites dimensions. Tous portent encore l'empreinte de l'école du Pérugin, et quelquefois re-
produisent des figures du maître, probablement
parce qu'ils étaient exécutés pour lui. Lors même
que Raphael, à cette époque, peignait ses propres
compositions, elles ne se différencient guère de
celles du Pérugin que par un sentiment plus spi-
rituel, une plus délicate observation de la nature,
et une légère teinte de son individualité qui commençait à percer.

Laissons de côté un grand nombre de compositions et de *predelle* (1) de cette première
époque du talent de Raphael, qui sont peu connues, et que la gravure a négligé de reproduire ;
arrivons aux premiers ouvrages importants qu'il
composa après sa sortie définitive de l'atelier du
Pérugin.

(1) Les Italiens appellent *predelle* une de ces petites compositions qui habituellement accompagnaient le sujet principal, et étaient placées au-dessous du grand tableau.

Un de ses compagnons de l'école de ce maître, Betto, dit le Pinturicchio, avait été chargé par le neveu du pape Pie II, le cardinal Piccolomini, de peindre dans la bibliothèque devenue aujourd'hui la sacristie de la cathédrale de Sienne les actions mémorables du pontificat de son oncle Æneas Sylvius Piccolomini, qui prit le nom de Pie II lors de son exaltation. Pinturicchio, qui connaissait et appréciait les talents extraordinaires, quoique naissants, de Raphael, s'empressa de se l'associer pour une entreprise qui demandait autant de fécondité d'invention que de facilité dans l'exécution. On sait que son jeune collaborateur finit par y avoir le principal rôle. Raphael s'y reconnaît déjà, et à l'abondance des compositions, et au travail de la fresque, et à une richesse de style précédemment inconnue, et encore à des portraits, parmi lesquels on croit distinguer le sien. Il quitta toutefois ce travail avant qu'il fût achevé, pour satisfaire à une commande que lui firent les franciscains de Città-di Castello, dont nous allons parler.

Au commencement de 1504, Raphael peignit à Città-di-Castello, pour l'église des franciscains, *le Mariage de la Vierge*, connu sous le nom de *Sposalizio*, tableau qui est aujourd'hui au musée de Milan, soit que les moines aient demandé à Ra-

phael un tableau analogue au célèbre *Sposalizio*
du Pérugin, exécuté, comme nous l'avons vu, neuf
ans plus tôt pour la cathédrale de Pérouse ; soit
que Raphael, séduit par la perfection de cet ouvrage, ait cru devoir l'imiter, il emprunte en grande
partie l'ordonnance générale de son tableau à celui
de son maître, avec divers changements toutefois.
Ainsi, il plaça en sens opposé le groupe des hommes et des femmes, et au premier plan la figure du
briseur de roseau, qui est à l'arrière-plan dans le
tableau du Pérugin ; enfin il donna une plus belle
forme d'architecture au temple du fond. Visari en
loue avec raison la perspective ; car Raphael, durant son séjour chez le Pérugin, avait étudié cette
science, qu'il sut toujours employer avec un goût
exquis. En somme, le *Sposalizio* de Raphael surpasse de beaucoup celui du Pérugin, par la beauté
des formes et des expressions, sans qu'il soit néanmoins affranchi de l'école *péruginesque*. La date,
1504, nous fournit un document précieux qui
constate la marche artistique de Raphael.

« Si l'on veut avoir une idée complète de la *première manière* de Raphael, dit M. Gustave Planche
dans ses *Portraits d'artistes,* il suffit d'étudier *le
Mariage de la Vierge,* placé aujourd'hui dans la
galerie de Brera, à Milan. Cet ouvrage résume, en

effet, toute la science que l'auteur avait acquise
avant de voir Florence. Quoiqu'il rappelle, comme
nous venons de le voir, une composition du Pérugin sur le même sujet, il est certain cependant qu'il
révèle une véritable originalité. Si la disposition
des figures relève plutôt de la mémoire que de
l'imagination ; si les traditions de l'école y sont
encore respectées, la grâce idéale des figures, le
choix des draperies, appartiennent à Raphael, et
l'on chercherait vainement dans la série entière
des œuvres du Pérugin quelque tableau qui se
puisse comparer à ce précieux tableau. La figure
de la Vierge offre un type de beauté que le maître
du Sanzio n'a jamais égalé. Harmonie des lignes,
suavité des contours, pudeur, modestie, rêverie
angélique, fraîcheur du coloris : tout se trouve
réuni dans cette vierge divine. Il y a maintenant
plus de trois siècles et demi qu'elle est sortie des
mains de Raphael, et il semble qu'elle ait été achevée
hier seulement. Les couleurs ont été si habilement
choisies et combinées avec tant d'art et de bonheur,
que la peinture a défié les injures du temps et
garde une immortelle jeunesse. Sans doute il est
facile de découvrir dans cette adorable figure,
pour peu qu'on l'étudie attentivement, plusieurs
détails qui manquent de naturel et de vie. Les

mains, traitées avec un soin remarquable, n'ont
pas toute la souplesse qu'on pourrait souhaiter.
Les doigts sont d'une rare élégance ; mais, depuis
la naissance des phalanges jusqu'au poignet, la
forme est tellement simplifiée qu'elle semble à
peine modelée. Le visage est d'une pureté dont on
chercherait vainement le modèle sur la terre ; la
sérénité du regard n'a jamais été surpassée ; la
bouche sourit avec une admirable douceur ; mais
la forme des lèvres n'est pas précisément ce qu'elle
devrait être ; ces lèvres si fines et si fraîches semblent condamnées à l'immobilité. Cependant, malgré ces défauts, qui appartiennent à l'école du
Pérugin, *le Mariage de la Vierge* est empreint d'un
charme singulier ; il est impossible de le contempler sans émotion. Le groupe de jeunes filles qui
forme le cortège de la Vierge est si gracieux, si
élégant, si pur, que le regard ne peut s'en déta-
cher. Saint Joseph et les jeunes gens qui l'entourent ne sont pas conçus avec moins de bonheur.
Le temple, qui sert de fond au tableau, est dessiné
avec une précision qui ne laisse rien à désirer.
Tous les détails en sont traités avec soin, et révèlent chez l'auteur l'intelligence parfaite de
l'architecture ; mais ils sont exécutés de façon
à ne pas distraire l'attention ; ils n'ont pas assez

d'importance pour faire tort aux personnages :
c'est une preuve de savoir donnée sans ostentation. »

Au cours de ces petits voyages, Raphaël eut le
désir de revoir sa ville natale, où il jouissait déjà
d'une grande réputation. C'était à l'époque où
Guid' Ubaldo Iᵉʳ, duc d'Urbin, après avoir été
dépossédé de ses États par César Borgia, venait d'y
être réintégré par le pape Jules II, qui lui avait
conféré le titre de *gonfaloniere di santa Chiesa*,
avec le commandement général de l'armée de
l'Église.

Sensible à l'élévation de son prince, le jeune
artiste voulut montrer par sa présence qu'il s'as-
sociait à la joie générale. Le duc l'accueillit avec
bonté ; mais, malgré son envie de l'employer dignement, ses moyens pécuniaires, à cette époque,
ne lui permirent pas de fortes dépenses en œuvres
d'art. Raphaël lui fit cependant quelques petits
tableaux, et, en première ligne, *le Christ aux Oli-
viers*, qui appartient maintenant à M. W. Fuller-
Maitland, et dont Vasari parle comme étant
« d'un fini tel, que la miniature ne saurait aller
au delà ».

Ce fut aussi pendant ce même séjour à Urbin
qu'il fit pour le duc le petit *Saint Georges* et le

petit *Saint Michel* qui sont au musée du Louvre.

Saint Georges, couvert de son armure d'acier et monté sur un cheval blanc, s'élance de droite à gauche vers le dragon contre lequel il a déjà brisé sa lance, et il va le percer de son épée. Dans le paysage aride et tout hérissé de rochers, on voit une femme qui s'enfuit.

Ce tableau rappelle encore la manière du Pérugin ; mais il est déjà beaucoup plus fin de dessin et de caractère ; la couleur en est claire et lumineuse.

Le saint Michel représente aussi le guerrier chrétien attaquant le mal, avec l'assistance divine. L'archange, resplendissant de jeunesse et de beauté, debout sur le plus grand des monstres qui l'entourent, est au moment de le frapper de son épée. Son bouclier blanc porte une croix rouge transversale. D'autres monstres plus petits, cachés dans les cavités de rochers, regardent avec fureur et avec crainte. Les sujets de l'arrière-plan rappellent différentes scènes de *l'Enfer* du Dante, dont l'artiste s'est inspiré.

Ce petit tableau, destiné à faire le pendant du *Saint Georges*, est traité avec force et délicatesse à la fois ; en même temps il est vigoureux et lumineux de ton. Comme le précédent, il a encore le

caractère *péruginesque ;* mais il s'en distingue pa-
un plus haut degré d'imagination et de beauté, par
une exécution plus large et plus spirituelle, et par
la couleur lumineuse, propre à Raphael. « Ces
deux tableaux, dit M. Charles Clément, dont il ne
faut pas mesurer l'importance à la dimension, sont
les premiers pas que fit sans lisières cet enfant de
génie. Dans le *Saint Georges* surtout, le feu, la vivacité de l'action, la justesse des mouvements, la
beauté du cheval et du cavalier, l'harmonie des
lignes générales, la délicatesse de la couleur, le
charme du paysage, la vigueur, l'aisance, la grâce
de toute la composition, font pressentir le style que
Raphael allait adopter, et ce n'est pas sans émotion que l'on considère, dans cette œuvre juvénile
et déjà parfaite, le début d'une carrière qui devait
aboutir aux *Chambres* du Vatican et à *la Transfiguration.* »

A la cour d'Urbin, Raphael fit alors la connaissance de plusieurs personnages de haut rang. Les
relations qui s'ensuivirent lui furent très utiles.
Achille de' Grassi, de Bologne, évêque de Pesaro,
lui commanda une *Annonciation,* qui fut exécutée
plus tard. Ce commerce journalier avec l'élite de
la société contemporaine contribua beaucoup à
enrichir et à vivifier son esprit.

Les renseignements qu'il recueillit alors sur
l'activité artistique des autres villes et surtout de
Florence, où Léonard de Vinci venait d'exécuter ses
plus célèbres ouvrages, inspirèrent à Raphael un
vif désir d'aller dans cette dernière ville. Tout l'y
encourageait autour de lui à Urbin, et la sœur du
duc, Joanna della Rovere, lui donna même une
lettre pour le *gonfaloniere* (premier magistrat) de
Florence, Pietro Soderini. Voici cette lettre :

« Très magnifique et puissant seigneur, que je
« dois honorer à l'égal d'un père.

« Celui qui vous présentera cette lettre est Ra-
« phael, peintre d'Urbin, doué d'un beau talent
« pour son art. Il s'est décidé à demeurer quelque
« temps à Florence, afin de se perfectionner dans
« ses études. De même que son père, qui me fut
« cher, était rempli de bonnes qualités, de même
« le fils est un jeune homme modeste et de ma-
« nières distinguées, et pour cela je l'affectionne
« sous tous les rapports et je souhaite qu'il arrive
« à la perfection. C'est pourquoi je le recom-
« mande, le plus instamment et tant que je puis,
« à Votre Seigneurie, avec prière qu'il vous plaise,
« par amour pour moi, lui accorder en toute occa-
« sion aide et protection. Je regarderai comme

« rendus à moi-même, et comme une agréable
« preuve d'amitié pour moi, tous services et bon-
« tés qu'il recevra de Votre Seigneurie.

« Celle qui se recommande à vous, et qui s'offre
« pour tous bons services en retour.

« JOANNA FELTRA DE ROVERE,
« Duchesse de Sora et *prefettissa* de Rome.

« Urbin, 1ᵉʳ octobre 1504. »

CHAPITRE III

La date de la fin de l'année 1504, où Raphael quitta Urbin pour la dernière fois, détermine, dans sa vie, un espace de trois années qui précédèrent son départ pour Rome. Cette période fut partagée entre des ouvrages qu'il fit à Pérouse, où il se rendit deux fois, et ses études à Florence, c'est-à-dire ses liaisons avec les plus habiles maîtres de cette ville, dont il parvint à combiner les différentes qualités pour les faire siennes, non par une imitation servile, mais comme l'abeille qui butine sur des fleurs diverses les sucs dont elle compose son miel.

C'est le résultat des études et des travaux qu'il

fit alors à Florence qui donna lieu à ce qu'on est convenu d'appeler sa *seconde manière.*

Les connaisseurs distinguent dans la progression du talent de Raphael trois degrés, qu'ils désignent par *première, seconde* et *troisième manière.* La première manière comprend les œuvres qu'il fit d'après le genre du Pérugin et de l'école ombrienne; la seconde se rapporte aux ouvrages qu'il composa à Florence et dans les premiers temps de son séjour à Rome. Cette seconde manière, de beaucoup supérieure à la première, aurait suffi pour le placer au premier rang des artistes. La troisième manière embrasse les ouvrages qu'il fit dans les dernières années de sa vie, où il s'est élevé au plus haut degré de la perfection.

M. Charles Clément, dans sa remarquable étude sur Raphael, fait observer avec raison que cette classification commode, et dans une certaine mesure naturelle, est loin d'avoir l'exactitude rigoureuse qu'on lui prête généralement. « Nous avons déjà vu, dit-il, Raphael se devancer lui-même dans le petit *Saint Georges,* où il nous paraît impossible de trouver aucune trace du style du Pérugin; nous le verrons revenir au dessin sec et pauvre de son maître dans quelques parties de son admirable *Mise au tombeau* du palais Borghèse.

Plus tard encore, dans *la Dispute du saint Sacre-*
ment, n'a-t-il pas été manifestement influencé par
le souvenir de mosaïques anciennes et par les
exemples des maîtres primitifs ? Malgré ces hésitations et ces retours, on peut dire que le développement de Raphael a été, plus que celui d'aucun
autre artiste de son temps, logique, régulier, ou
plutôt nécessaire et naturel. Génie plus intelligent
que créateur, il se transforme sans parti pris,
à mesure que l'âge et les circonstances modifient
ses impressions. Tout jeune, à Pérouse, il suit doci-
lement l'exemple de son maître ; à Florence, il voit
les œuvres des peintres de l'école toscane, il vit
dans un milieu nouveau et se laisse pénétrer par
de nouvelles influences. Plus tard, à Rome, au
milieu des monuments de l'art antique, chargé
d'exécuter de vastes ouvrages concurremment avec
Michel-Ange, sa manière s'agrandira, son style
prendra plus d'ampleur, et il trouvera ces types
où la grâce, trait distinctif et persistant de son
génie, s'unit à tant de grandeur et de majesté ;
mais ces évolutions de son talent ne présentent pas de
changements systématiques et raisonnés. C'est un
arbre qui suit sa croissance naturelle, et qui, d'abord
plante aux feuilles molles et aux formes indécises,
devient une tige flexible, élégante et gracieuse, puis

un tronc robuste et élevé. Il étudia fra Bartolommeo, Masaccio, Michel-Ange et Léonard de Vinci, la nature et l'antiquité, et sut toujours rester Raphael. Son esprit était un merveilleux creuset où les doctrines les plus diverses venaient se combiner et se fondre pour en sortir œuvres parfaites et ornées de beautés qui jusque-là ne s'étaient jamais trouvées réunies. Ces œuvres n'entraînent, ne subjuguent ni ne passionnent comme celles de Michel-Ange ; elles n'attachent ni ne séduisent comme celles de Léonard ; mais elles pénètrent doucement l'âme, et l'impression qu'on en reçoit, pour n'être ni violente ni soudaine, n'en est pas moins profonde. Toutes les créations de Raphael, à quelque époque de sa vie qu'elles appartiennent, ont un air de famille, une saveur particulière qui ne permet pas de les méconnaître, et aucun des maîtres du grand siècle de l'art n'a donné à ses œuvres plus d'unité qu'il n'en a su mettre dans les siennes en s'abandonnant à la pente naturelle de son génie. » (*Étude sur Raphael,* par M. Charles Clément.)

Ces observations, dont on ne saurait contester la justesse, démontrent sans doute l'insuffisance de la classification adoptée jusqu'ici pour distinguer les œuvres de Raphael ; cependant, comme il n'en existe pas d'autre, nous sommes obligés de nous conformer à l'usage qui a établi cette classification, d'autant plus qu'elle est, comme le reconnaît M. Clément, commode et jusqu'à un certain point naturelle.

Ce premier voyage à Florence ouvrit donc à Raphael une nouvelle vie. La vue des chefs-d'œuvre de l'ancienne école florentine, la fréquentation des artistes, entre autres Ridolfo Ghirlandajo (1) et Aristodèle da San Gallo (2), dont l'émulation était ardemment provoquée par l'exemple de Léonard de Vinci et de Michel-Ange, tout dans cette ville devait contribuer à développer son talent.

Ce ne fut pas seulement de la part des artistes que le jeune peintre d'Urbin trouva un accueil bienveillant; il fut bientôt distingué et accueilli par des personnages plus considérables. L'agré-

(1) Ridolfo Ghirlandajo (fils de Domenico Corradi, dit le Ghirlandajo, le premier maître de Michel-Ange) est un des bons peintres de l'école de Florence. Le musée national du Louvre possède un tableau de lui inscrit sous le numéro 205 ; c'est le Couronnement de la Vierge. Sous le numéro 204 est un tableau représentant la Visitation, peint par Domenico Ghirlandajo, son père.

(2) Il y a eu plusieurs artistes de ce nom, renommés surtout comme architectes.

ment de sa personne et son amabilité y contribuè-
rent autant que l'existence déjà renommée d'un
talent qui donnait beaucoup plus que des espérances. Un des seigneurs les plus instruits de Florence, le signor Taddeo Taddei, protecteur de tous
ceux qui annonçaient du talent, sut bientôt apprécier Raphael. Il ne lui offrit pas seulement son
amitié, il lui fit accepter et un logement dans sa
maison et sa table. On peut dire, il est vrai, que
l'artiste paya généreusement cette hospitalité ; car
il composa pour Taddeo Taddei plusieurs ouvrages,
et entre autres deux petits tableaux, dont l'un a
été acheté le siècle dernier, par Ferdinand d'Au-
triche, pour la somme de quatre mille écus romains, et l'autre a été vendu vingt-quatre mille
écus pour le musée britannique de Londres.

Raphael nous apprend lui-même, dans une de ses
lettres, qu'il étudia et copia les fresques de Masaccio (1) à la chapelle des Carmes, l'école obligée de
tous les jeunes peintres à cette époque, et il reconnaît le profit qu'il retira de cette étude.

---

(1) Masaccio, peintre florentin, né en 1401, mort en 1443,
fut un des premiers réformateurs de l'art. Ses peintures de
la chapelle des Carmes font encore aujourd'hui, comme au
temps de Raphael, l'admiration des connaisseurs. Le musée
du Louvre ne possède pas d'ouvrages de cet artiste.

Mais celui de ses contemporains auquel il fut principalement redevable, à Florence, du changement qui, pour la couleur et le maniement du pinceau, caractérise sa seconde manière, fut fra Bartolommeo di San-Marco (1). A vrai dire, ils firent ensemble un échange de talents. Raphael apprit de fra Bartolommeo à donner plus de vigueur à ses teintes, plus de largeur à sa manière; fra Bartolommeo dut aux leçons de Raphael la pratique de la perspective. L'enthousiasme religieux du pieux moine, la nature des sujets qu'il traitait devaient attirer Raphael, qui avait apporté à Florence les convictions de son enfance; la peinture austère et brillante de Fra Bartolommeo était bien faite pour initier l'élève du Pérugin à la science floren-

(1) Baccio della Porta, plus connu sous le nom de fra Bartolommeo di San-Marco, était un peintre remarquable, né, en 1469, à Savignano, en Toscane, mort en 1517. Il avait déjà obtenu de grands succès artistiques, lorsque, entraîné par les prédications de Savonarole, il quitta son art pour se faire religieux. Il prit, en 1500, l'habit de Saint-Dominique, dans le couvent de Saint-Marc, à Florence, et, depuis ce moment, il ne consacra son pinceau qu'à des sujets religieux. On estime surtout son *Saint Marc* et son *Saint Sébastien*. Il excella principalement dans le coloris et l'art de draper, et les conseils qu'il donna au peintre d'Urbin, et dont il sut si bien profiter, l'ont fait surnommer le *Précurseur de Raphael*.

3*

tine, et lui permettre d'apprécier une école si différente de celle qu'il quittait.

Raphael profita aussi beaucoup de l'étude qu'il fit des célèbres cartons (1) que Léonard de Vinci et Michel-Ange avaient faits pour la décoration d'une salle du palais de la Seigneurie. Dès son arrivée à Florence, toute son attention se porta sur ces deux ouvrages que le temps nous a enviés, mais que nous connaissons cependant par quelques gravures et par les descriptions qu'en ont faites les contemporains. Il étudia ces chefs-d'œuvre, il les copia avec un soin, avec une persévérance que rien ne pouvait lasser. Pour se rendre maître de cette manière nouvelle, pour se familiariser avec le style savant et sévère de ces deux modèles incomparables, il lui fallait effacer de sa mémoire presque toutes les études qu'il avait faites sous la discipline du Pérugin ; mais il comprenait si bien la grandeur et la beauté de ces deux cartons, qui résolvaient d'une façon si éclatante les problèmes les plus difficiles de la peinture, il était si profondément pénétré du bonheur qui lui était échu, il acceptait avec tant de reconnaissance les leçons que lui offraient Michel-

(1) Voir nos ouvrages sur Léonard de Vinci et sur Michel-Ange, formant deux volumes in-8°, publiés par Alfred Mame et fils, de Tours.

Ange et Léonard, qu'il n'hésita pas à se débarras-
ser, comme d'un bagage inutile, de tout ce qu'il
avait appris dans l'école du Pérugin.

On sait que le carton de Léonard représentait un
combat de cavalerie formant épisode de la bataille
d'Anghiari, et que celui de Michel-Ange, emprunté
à la guerre de Pise, se composait de soldats sur-
pris au bain par un détachement ennemi. Dans ces
deux cartons, Léonard et Michel-Ange avaient
accumulé comme à plaisir toutes les difficultés que
peut rêver l'imagination la plus hardie. Animés
d'une émulation généreuse, ils avaient voulu montrer toute leur science, et résumer en quelque
sorte leurs études. Si la force leur eût manqué, on
aurait pu les accuser d'ostentation ; comme l'habileté de la main était à la hauteur de la volonté, ce
reproche tombait de lui-même, et faisait place à
l'admiration. Raphael contemplait avec ivresse ces
deux ouvrages, qui n'ont jamais été surpassés, et
remerciait Dieu de l'avoir appelé à la vie dans un
siècle honoré par de tels maîtres. Pourtant, quelle
que fût son admiration pour Michel-Ange, il se
sentait entraîné par une prédilection toute-puis-
sante vers le carton de Léonard. La manière savante
dont Michel-Ange avait dessiné ses figures, les
attitudes variées qu'il leur avait données, la pré-

cision avec laquelle il avait représenté tous les
muscles mis en mouvement, excitaient en lui une
légitime surprise ; mais il se sentait ramené par un
attrait invincible vers le groupe de cavaliers où
Léonard avait su concilier l'énergie et la beauté.
Dans le carton de Michel-Ange, la science domine
tout et offre au spectateur tant de sujets d'étude,
que l'esprit satisfait ne songe pas à se demander si
tous les détails de cette composition peuvent être
approuvés par un goût sévère. Entre ces deux modèles il ne devait pas hésiter longtemps. Il passait
de longues heures devant le carton de Michel-
Ange, et s'efforçait de conquérir le savoir infini qui
resplendit dans cette œuvre ; mais sa passion pour
la beauté le conduisait plus souvent encore devant
le carton de Léonard. Nous ne savons pas si le
Sanzio se lia d'amitié avec le Vinci : à cet égard les
biographes gardent le silence. Toutefois, qu'ils
aient eu ou non l'occasion de se rencontrer, — ce
qui est probable, puisque Léonard était lié d'une
étroite amitié avec le Pérugin, — Raphael dut rechercher avidement toutes les œuvres de Léonard.
Ces deux intelligences poursuivaient avec la même
ardeur la grâce et la beauté ; en voyant les têtes
peintes par le Vinci, ces têtes dont le sourire et le
regard ont quelque chose de divin, le Sanzio dut se

réjouir comme un poëte qui voit son rêve prendre un corps et marcher devant lui.

Du reste, quelque profit que Raphael ait pu tirer du grand style de ces peintres illustres, il ne cessa point de suivre la ligne que son propre génie lui avait tracée, et sans même accélérer sa marche; il y eut chez lui progression, mais lente, mais graduée. On n'y connaît ni changement brusque ni intervalle franchi, et les vrais connaisseurs peuvent seuls découvrir les nuances qui séparent sa première de sa seconde manière.

C'est ce qu'attestent de nombreux et précieux ouvrages de cette époque, comme *la Sainte Famille* du palais de Rinuccini, terminée plusieurs années après; *l'Assomption,* pour le monastère de Monte-Lucci, que ses élèves achevèrent après sa mort, et plusieurs autres ouvrages que sa réputation lui procurait, et auxquels il ne pouvait suffire seul. Nous citerons entre autres, comme une de ses œuvres principales de ce temps (1505), la belle Vierge du musée de Paris surnommée *la Belle Jardinière.*

Ce tableau est désigné sous ce nom singulier parce que la Vierge est assise sur une pierre dans une prairie richement couverte de plantes et de fleurs. Elle regarde avec une grâce inexprimable

l'enfant Jésus, qui, debout devant elle, pose un
bras sur les genoux de sa mère, et lève vers elle un
regard rempli d'amour. Le petit saint Jean, agenouillé à droite et s'appuyant sur une croix, contemple son divin compagnon avec une tendre
admiration. — Le fond est un paysage dans lequel
serpente une rivière, avec des montagnes et une
ville à droite dans le lointain. Ce tableau est cintré
dans le haut.

Ce magnifique ouvrage, appartenant à la
deuxième manière de Raphael, est traité avec l'esprit le plus élevé ; les têtes surtout sont rem-
plies d'âme et d'expression. Cependant il n'est
pas exempt de quelques défauts : plusieurs parties
paraissent non terminées, comme les mains et les
pieds, qui ne sont qu'indiqués. Il s'y trouve aussi
de légères négligences de dessin : néanmoins cette
madone est une des plus belles que le génie de Raphael ait créées.

On rapporte à cette même année 1505 la *Ma-
donna del Gran-Duca*, qui, à en juger par le ton
des chairs et des draperies, le dessin déjà ample et
savant du corps de l'enfant, appartient bien évidemment à l'époque florentine, quoiqu'on y trouve,
surtout dans la tête de la Vierge, des traces encore
bien sensibles du style du Pérugin. C'est ce ta-

bleau qu'on regarde comme le dernier ouvrage
qu'il fit sous l'influence de son maître, et avant
de se posséder complètement lui-même. Dans
la belle fresque de San-Severo à Pérouse, qui
est datée de cette même année, Raphael se montre, en effet, débarrassé de toute préoccupation ombrienne. Cet ouvrage a d'autant plus d'intérêt, que c'est la première peinture murale
qu'exécuta le jeune maître d'Urbin, et qu'on y reconnaît les germes de la composition qu'il développa plus tard dans la *Dispute du saint Sacrement.*

Nous ne voulons pas fatiguer nos lecteurs de la
simple et monotone nomenclature des nombreux
ouvrages qu'il fit à cette époque ; nous ne mentionnerons que les principaux, ceux qui sont le plus
connus ou le mieux conservés. C'est à ce titre que
nous citerons *la Vierge au chardonneret, la Vierge*
dite *au voile* ou *le Sommeil de Jésus,* qui se trouve
au musée du Louvre, et *la Déposition du Christ
au tombeau.*

« C'est pour son ami Lorenzo Nasi qu'il fit la
Vierge au chardonneret, qui se voit à la Tribune de
Florence. Comme dans *la Belle Jardinière,* la scène
est d'une grande simplicité, presque sans action.
On y admire la beauté du groupe et des types de

figures, la justesse des expressions et l'harmonie des lignes générales. La Vierge se détache sur un paysage grandiose; quelques-uns de ces arbres légers et d'une suprême élégance, que Raphael a si souvent reproduits, projettent sur un ciel tranquille leurs branches grêles et leur feuillage rare et menu. Le Christ est debout entre les jambes de sa mère. Saint Jean lui présente en souriant un oiseau, un chardonneret qu'il va saisir. Ce n'est pas seulement la composition qui est ici parfaite. L'exécution, comparativement à celle de *la Belle Jardinière*, est ferme, pleine et serrée. C'est un des ouvrages les plus soignés et les mieux réussis de la manière florentine (ou de la seconde manière de Raphael), un de ceux qui pénètrent, qui parlent fortement à l'esprit et au cœur, et y laissent une ineffable impression de paix, de calme et d'innocence (1). »

On ne possède aucun renseignement précis qui établisse que *la Vierge au voile* du Louvre ait été faite pendant le séjour de Raphael à Florence. M. Passavant pense que l'exemplaire du Louvre a été exécuté à Rome; mais il ne donne aucune preuve concluante à l'appui de cette assertion;

(1) M. Charles Clément, *Étude sur Raphael*, p. 266 et 267.

M. Charles Clément est d'une opinion contraire ;
car, dit-il, le caractère de la composition, la couleur harmonieuse et argentée, certaines faiblesses
de dessin, notamment dans le haut de la draperie
de la Vierge et dans l'inexplicable arrangement
des jambes, ne permettent pas de rapporter ce
beau et charmant tableau à une autre époque. —
Ce Christ est étendu endormi sur un grand coussin
bleu. La Vierge, accroupie, vue presque de profil,
entourant du bras gauche saint Jean agenouillé,
soulève de la main droite le voile qui recouvre son
fils. Le paysage est fermé par des ruines, des
fabriques, qui laissent à peine apercevoir un hori-
zon de montagnes. La jeune mère est attentive,
presque anxieuse. Ce n'est pas seulement la pudeur virginale qu'expriment ses traits délicats et sa
gracieuse attitude, mais un sentiment précis, la
pensée nettement indiqnée de l'amour maternel. La
Vierge au voile est une des œuvres les plus exquises
que Raphael ait faites dans cet ordre de sujets.
L'enfant endormi est merveilleux ; mais il est très
regrettable qu'une restauration maladroite ait défi-
guré le petit saint Jean (1). »

La Déposition ou *la Mise au tombeau* du palais

(1) M. Charles Clément, *Etude sur Raphael*, p. 266
et 267.

Borghèse à Rome date de 1507. C'est Atalante Ba-
glioni qui avait commandé ce tableau à Raphael
pour la chapelle de sa famille, à San-Francesco de
Pérouse. Il était composé de trois parties, dont une
seule, demi-cintrée, représentant Dieu le Père tenant les mains élevées, est restée dans l'église San-
Francesco. Les trois figures de la *predella*, la Foi,
l'Espérance et la Charité, peintes en grisaille, se
voient aujourd'hui au musée du Vatican. — Ces
trois belles compositions ont été sculptées sur
bois, du vivant de Raphael et sous sa direction,
par fra Giovanni de Vérone : elles se trouvent aujourd'hui dans le chœur du couvent de Saint-Pierre
à Pérouse.

Quant au tableau principal, acheté par Paul V
Borghèse en 1607, il est resté depuis dans sa
famille, et il doit à cette circonstance un état de
conservation qui permet d'apprécier combien Raphael, guidé par le sentiment de la beauté qui chez
lui ne se démentit jamais, a su exprimer les sentiments les plus violents de l'âme sans détruire
l'harmonie des lignes, la perfection des formes, et
sans tomber dans ces exagérations discordantes qui
déparent presque toutes les compositions pathé-
tiques des maîtres primitifs. Le corps du Christ,
quoique présentant quelques faiblesses, ou plutôt

quelques maigreurs et quelques sécheresses de
dessin, est d'une noblesse vraiment exquise. Dans
les deux hommes qui le portent, dans celui surtout
qui marche en reculant, et qui succombe à la fois
sous le fardeau et sous la douleur, les efforts et la
fatigue se trahissent sans affaiblir l'impression de
beauté que toute œuvre d'art doit produire, et le
corps affaissé de la Vierge évanouie, les expressions déchirantes de sainte Madeleine et de saint
Jean n'altèrent pas l'ensemble harmonieux de cette
belle composition.

Nous citerons enfin, dans cet aperçu des principaux travaux que Raphael exécuta à Florence, son
propre portrait, peint par lui-même, et destiné
probablement à son oncle Simone Ciarla. Ce chef-
d'œuvre est resté longtemps à Urbin, d'où, après
avoir passé à l'Académie de Saint-Luc à Rome, il
est venu au musée de Florence, où il est précieu-
sement conservé dans la galerie des artistes peints
par eux-mêmes.

Raphael, alors âgé de vingt-trois ans (1506),
s'est représenté en vêtement noir, collant, avec
une barrette sur la tête. Les yeux et les cheveux
sont bruns ; le teint est pâle. La tête, un peu ren-
versée en arrière et tournée vers le ciel, est d'un
charme inexprimable ; la physionomie, d'une amé-

nité naïve et gracieuse. Un doux regard exprime
la langueur de cette âme noble et poétique. La
simplicité de la pose et du costume est éloignée de
toute prétention. Image précieuse, peinte d'une
manière exquise.

Raphael était arrivé à sa vingt-cinquième année.
Sa réputation avait grandi, et commençait à se
répandre dans toute l'Italie. De toutes parts on lui
adressait des commandes importantes qu'il ne
pouvait pas toujours exécuter lui-même, et pour
lesquelles il se faisait souvent aider par des artistes
qui tenaient à honneur d'être ses disciples, et de
travailler avec un tel maître. Malgré sa modestie,
le jeune peintre d'Urbin paraît avoir conçu à cette
époque une assez haute opinion de ses forces pour
désirer l'occasion de se mesurer avec les deux
hommes dont il devait le plus redouter la concurrence, Léonard de Vinci et Michel-Ange.
Une lettre de lui, qui s'est conservée, et qu'il
écrivait à son oncle Ciarla, nous apprend quelles
étaient et ses prétentions et ses espérances à cet
égard.

Voici la traduction de cette lettre intime, que
nous donnons en son entier.

« A mon cher oncle Simone di Battista de 'Ciarla
da Urbino.

« Cher à l'égal d'un père,

« J'ai reçu votre lettre par laquelle vous m'an-
« noncez la mort de notre duc (Guid'Ubaldo, mort
« le 11 avril 1508); que Dieu reçoive son âme
« avec miséricorde ! Vraiment je n'ai pu lire votre
« lettre sans verser des larmes. Mais c'est fini,
« nous ne pouvons rien y changer ; c'est pourquoi
« il faut se résigner à la volonté de Dieu.

« J'ai écrit dernièrement à mon oncle le prêtre
« (dom Bartolommeo Sanzio) qu'il m'envoie le
« petit tableau servant de volet à la madone de
« notre *prefète* (Giovanna della Rovere). Mais il
« n'en a rien fait. Je vous prie de le lui rappeler
« de nouveau, et qu'il me l'envoie à la première
« occasion, pour que je contente cette dame, car
« vous savez que je puis avoir actuellement besoin
« d'elle. Je vous prie encore, très cher oncle, de
« prévenir mon oncle le prêtre et ma tante Santa
« (la tante de Raphael demeurait avec dom Barto-
« lommeo, son frère, dans la maison paternelle de
« Sanzio) que, si le Florentin Taddeo Taddei, dont
« nous avons souvent parlé, venait à Urbin, ils

« aient à lui témoigner tous les honneurs possi-
« bles, sans rien épargner ; vous aussi, par amour
« pour moi, rendez-lui tous les services dont il
« pourra avoir besoin, parce que, vraiment, je lui
« ai les plus grandes obligations.

« Je n'ai pas fait de prix pour le tableau (on
« ignore de quel tableau il est ici question), et
« n'en fixerai point, même quand je le pourrais ;
« car il serait meilleur pour moi qu'on en fît faire
« l'estimation. C'est pourquoi je ne vous ai point
« écrit le prix et ne vous l'écrirai point encore.
« Je n'ai pas d'autres nouvelles à vous donner, si
« ce n'est que celui qui m'a chargé du tableau m'a
« promis des travaux jusqu'à concurrence de trois
« cents ducats, tant pour ici que pour la France (1).
« Après les fêtes, je vous écrirai peut-être à quel
« prix montera le tableau pour lequel j'ai déjà
« fait le carton, et après Pâques nous l'aurons
« terminé.

« Il me serait très agréable qu'on pût obtenir
« du seigneur préfet une lettre de recommanda-
« tion pour le gonfaloneere de Florence ; j'ai prié
« il y a peu de jours l'oncle et Giacomo, de Rome,

(1) Il veut probablement parler de Giov. Battista della
Palla, qui, à cette époque, acheta beaucoup d'objets d'art à
Florence, pour les revendre au roi de France.

« de me la procurer, car elle pourrait m'être très
« utile pour un travail dans une chambre du
« palais qui dépend de Sa Seigneurie. Je vous
« prie, envoyez-moi cette lettre si c'est possible;
« et je crois que, si on la demande en mon nom au
« préfet, il la fera certainement écrire; recom-
« mandez-moi instamment à lui comme son an-
« cien serviteur et familier. Recommandez-moi
« aussi au maître... et à Ridolfo (un de ses cou-
« sins), et à tous les autres.

« Votre RAPHAEL, peintre à Florence.

« Ce 21 avril 1508. »

Comme on le voit dans le dernier paragraphe de
cette lettre, il s'agissait d'obtenir du magistrat de
Florence de peindre une des salles du palais, dont
quelques autres parties avaient été décorées par
Léonard de Vinci et par Michel-Ange. Quand nous
voyons de combien d'ouvrages Raphael était chargé,
et auxquels il ne pouvait suffire, on supposera faci-
lement avec nous que l'intérêt qui lui faisait désirer l'entreprise dont il s'agit était uniquement
celui d'une émulation jalouse de lutter avec les
deux premiers talents d'alors, et sans doute avec
ses moyens propres, c'est-à-dire en opposant sa

manière de voir, de sentir, de faire, à la leur; car, nous le répétons, rien dans ses ouvrages n'a dénoté ce qu'on peut appeler l'imitation précise d'aucun maître, c'est-à-dire le besoin ou le penchant qui porte un artiste à se faire du talent ou de la manière d'un autre un guide dont il suive les pas, sans prétention à le devancer.

On ignore s'il reçut la recommandation tant désirée; ce qui est sûr, c'est que si elle lui parvint il n'en fit point usage; car, tandis qu'il aspirait seulement à se voir fixé à Florence par d'importants travaux, une recommandation plus puissante que celle qu'il avait sollicitée vint l'appeler à une position à laquelle, dans ses rêves les plus ambitieux, il n'avait jamais songé.

Sa réputation était parvenue à Rome, où régnait alors Jules II, protecteur éclairé des arts. Ce pape avait pour architecte Donato Bramante (1),

(1) Le Bramante, célèbre architecte italien, était né, en 1444, à Castel-Durante, dans l'État d'Urbin; il mourut en 1514. Il étudia avec beaucoup de soin tous les restes de l'architecture antique, et, sur sa grande réputation, le pape Jules II l'appela à Rome, et lui confia un grand nombre d'ouvrages importants. Celui de ses travaux qui l'a immortalisé est la basilique de Saint-Pierre de Rome; il en traça le plan, en jeta les fondements (1513), et l'éleva jusqu'à l'entablement; mais la mort le surprit avant qu'il pût l'achever.

né dans le voisinage d'Urbin, et parent de la famille Sanzio; il chargea Bramante, en qui il avait
la plus grande confiance, de lui chercher un peintre
pour décorer les salles du Vatican. Celui-ci saisit
cette occasion d'ouvrir à son jeune parent et com-
patriote, déjà célèbre, un champ plus vaste que
celui où il s'était exercé jusqu'alors. Jules II, au
premier mot qu'on lui adressa en faveur de cet artiste distingué, dont il avait déjà entendu parler,
s'empressa de le mander à Rome. Déjà le plus
grand des architectes et le plus grand des sculp-
teurs, Bramante et Michel-Ange, étaient occupés
à l'exécution des projets de ce grand pontife.
Il lui fallait un grand peintre : il eut le bonheur
d'appeler Raphael.

Raphael, transporté de joie, accourut à Rome,
la ville unique et éternelle.

L'édifice fut continué après sa mort et perfectionné par
Michel-Ange. Le Bramante se montra l'ami et le protecteur
dévoué de Raphael.

CHAPITRE IV

RAPHAEL A ROME. — CHAMBRE DELLA SIGNATURA.
— PERFECTIONNEMENT DE SA SECONDE OU COMMENCEMENT
DE SA TROISIÈME MANIÈRE.
— PARALLÈLE DE MICHEL-ANGE ET DE RAPHAEL

Raphael va donc entrer dans des conditions plus grandioses, et servir un prince qui unissait à un caractère énergique la vive intelligence des beaux-arts et des sciences. Grand souverain, habile politique, Jules II releva les mœurs et ramena la paix, dont Rome depuis si longtemps n'avait pas joui. Le vieux pontife n'était pas seulement un grand politique : enthousiaste de tout ce qui pouvait contribuer à la gloire de l'Italie et jeter de l'éclat sur une ville dont il voulait

faire la capitale réelle de son pays en lui rendant
son ancien lustre, il avait attiré à Rome les savants, les poètes, les artistes les plus célèbres de
ce temps.

Ses entreprises artistiques surtout étaient magnifiques. Il ne lui fut pas donné de les voir
achevées ; mais il leur imprima, avec l'aide des
talents qu'il savait reconnaître et choisir, le cachet
d'un esprit transcendant.

C'est lui qui exécuta le projet immense de Nicolas V, d'agrandir le Vatican jusqu'aux proportions
d'une sorte de ville pontificale, où trouveraient
place non seulement le pape et sa suite, tout le
haut clergé et tous les hôtes d'un rang élevé,
mais toutes les administrations ecclésiastiques, et
de faire ainsi de ce palais réellement un centre de
la chrétienté.

C'est lui qui conçut le plan de renouveler la
vieille basilique de Saint-Pierre, de telle façon
qu'elle mérite sous tous les rapports le nom de
premier temple chrétien.

C'est lui qui voulut que les puissantes mains
de Michel-Ange, habituées à tailler le marbre,
prissent le pinceau pour tracer sur les murs de la
chapelle Sixtine les figures gigantesques et immor-
telles des prophètes et des sibylles.

Maintenant que demanda-t-il au génie de Raphael (1)?

Il lui ordonna de peindre sans délai la salle dite *della Signatura*. Raphael se mit aussitôt à l'œuvre, et commença ces quatre grandes et magnifiques compositions, qui ont pour sujets, selon les titres ou les noms que l'usage leur a donnés, *la Dispute du saint Sacrement*, *l'École d'Athènes*, *le Parnasse* et *la Jurisprudence*.

Chacun de ces sujets est surmonté, dans un cadre circulaire de la voûte, par une figure de femme allégorique qui en est, si l'on peut dire, le sommaire, et qui pourrait, s'il était nécessaire, en devenir l'argument. Ces figures représentent la *Théologie*, la *Philosophie*, la *Poésie* et la *Justice*, c'est-à-dire l'ensemble des connaissances qui rapprochent l'homme de la vérité divine.

Et si l'on considère que ces peintures devaient orner le lieu où le chef de l'Église catholique signait des ordres réglant sur toute la terre la marche spirituelle du peuple chrétien, il faut admirer la sagacité de ce choix.

Raphael n'eut pas plus tôt terminé le premier de

(1) Passavant, *Histoire de Raphael d'Urbin*, édition française, tome Ier, pages 111 et 112.

ces tableaux, que Jules II, dont l'attente était surpassée, fut tellement frappé de l'ampleur du génie de Raphael, qu'il résolut aussitôt de faire repeindre par lui toutes les salles du Vatican.

Toutes ces peintures de la voûte sont exécutées sur fond d'or imitant la mosaïque.

La figure de la Théologie, assise sur des nuages, tient de la main gauche un livre, et de la droite elle montre la grande peinture qui est au-dessous, et à laquelle elle sert comme d'épigraphe. Elle est vêtue d'une tunique rouge et d'un manteau vert, couleurs symboliques des vertus théologales, l'Amour et l'Espérance. Deux petits génies, à son côté, tiennent des tablettes avec les mots : *Divinarum rerum notitia.*

L'idée principale de la grande composition de la Théologie, improprement appelée *la Dispute du saint Sacrement,* symbolise le rapport de l'homme avec Dieu par la rédemption de Jésus-Christ et par le mystère de l'eucharistie.

Ce tableau est cintré par le haut. La partie supérieure représente la sainte Trinité dans une gloire formée d'anges. Aux côtés du Sauveur sont assis la sainte Vierge et le précurseur, avec six saints de l'Ancien et du Nouveau Testament de chaque côté.

Au milieu de la partie inférieure de la composition, s'élève un autel avec le saint Sacrement exposé dans un ostensoir, autour duquel se groupent
quarante-trois figures, papes, évêques, théologiens et autres personnages appartenant à différentes classes du peuple.

Nous regrettons que l'espace ne nous permette
pas d'entrer dans de plus longs détails pour expliquer la pensée de l'artiste : nous y verrions la
preuve que le titre traditionnel de ce tableau : *Dispute du saint Sacrement,* est tout à fait un contre-
sens ; car il offre une image de concordance : dans
le ciel, par la réunion des saints de l'Ancien et du
Nouveau Testament à la suite de la rédemption ;
sur la terre, par l'assemblée des théologiens et
des fidèles de toutes les classes, consacrant tous
ensemble le mystère de l'eucharistie.

Pour ce qui est de l'exécution matérielle de cette
fresque, Raphael acquérait déjà plus de facilité
pendant son travail même ; ainsi on a remarqué un
développement et un progrès sensibles entre la
partie du tableau exécutée la première et celle qui
fut terminée en dernier lieu.

Mais à quelle grandeur Raphael ne s'élève-t-il
pas dans cette composition, qui, par sa profondeur
et sa variété, son ordonnance harmonieuse et son

admirable unité, surpasse de beaucoup tout ce qui
avait été fait dans ce genre jusqu'alors!

Aussi cette grande page, malgré quelques inéga-
lités dans l'exécution, doit-elle être rangée parmi
les meilleures du maître, qui n'a jamais mieux
combiné l'aspect majestueux de l'ensemble appro-
prié au sujet, la noblesse de chaque figure prise
isolément, et la beauté des groupes.

Cette peinture, dont n'approche, disons-le,
aucun ouvrage moderne, a de plus, sur les chefs-
d'œuvre de l'art antique, cet avantage que lui
donne une vive et profonde inspiration de l'art
chrétien, en un mot, la foi (1).

« Quoique plusieurs parties de cette vaste composition, dit M. Planche dans l'ouvrage que nous
avons déjà cité, rappellent les premières études de
l'auteur; quoique Raphael, suivant les traditions
de son premier maître, y ait employé l'or, dont
plus tard il s'est interdit l'usage, on ne saurait
nier pourtant que *la Théologie*, vulgairement appelée *la Dispute du saint Sacrement*, ne signale
glorieusement le commencement d'une troisième
manière, plus large, plus libre, plus féconde, plus

---

(1) Il existe une belle copie de ce tableau dans l'église pa-
tronale de Sainte-Geneviève de Paris, ainsi que des autres
peintures des salles du Vatican.

variée que les deux manières précédentes. Cette
fresque admirable, dont le sujet réel n'est autre
que le mystère de l'eucharistie, est traitée avec
une franchise, une grandeur, une simplicité au-
dessus de tout éloge. La composition tout entière
est conçue avec une hardiesse qui étonne chez un
homme de vingt-cinq ans, qui étonnerait chez un
maître vieilli dans la pratique de la peinture mo-
numentale. A voir cette œuvre si claire, dont
toutes les parties s'expliquent si naturellement et
s'accordent si bien entre elles, il semble qu'elle
n'ait rien coûté à l'imagination de l'auteur; la
Trinité, qui domine toute la scène, les patriar-
ches, les saints, les apôtres, les évangélistes, les
docteurs, tous les personnages, en un mot, ont le
caractère, l'accent qui leur convient. Le sentiment
religieux anime toutes les physionomies, et se révèle dans le geste et l'attitude de tous les acteurs;
mais, ici, l'expression de ce sentiment se concilie
d'une façon exquise avec la beauté de la forme. *La
Théologie* de Raphael ne relève ni de Giotto ni de
fra Angelico. Chose étrange, et qui pourtant n'a
rien d'inattendu après les transformations de
style auxquelles nous avons assisté, *la Théologie*,
exécutée de droite à gauche, permet de suivre et
d'étudier les progrès de l'auteur pendant ce tra-

4*

vail même, depuis le commencement jusqu'à la fin
de son œuvre. Les têtes pensent; les mains, par
leur mouvement, complètent l'expression du regard et des lèvres; les draperies sont ordonnées
avec une simplicité majestueuse, et n'ont rien à
démêler avec le style étroit du Pérugin.

« Il y a dans cette fresque, début de Raphael
au Vatican, un charme si puissant, tant de fraîcheur, d'éclat et de sérénité, que des juges
éclairés la préfèrent, sans hésiter, à toutes les
autres œuvres de l'auteur. Quoique cette opinion ne soit pas la nôtre, nous reconnaissons
pourtant qu'elle peut être soutenue avec avantage. Jules II fut tellement émerveillé de la beauté
de cette première composition, qu'il voulait abat-
tre toutes les fresques achevées ou commencées
dans les autres salles du Vatican, et confier tout
au pinceau de Raphael; par respect pour son
maître, le Sanzio demanda et obtint la conservation d'un plafond peint par le Pérugin. »

La Poésie, ou *le Parnasse,* soutient dignement
la comparaison avec *la Théologie.* Le mur sur
lequel Raphael a développé cette vaste composition est coupé, dans la partie inférieure, par
une fenêtre dont la lumière blesse d'abord la vue,
et s'oppose à l'étude du sujet. Pourtant, au bout

de quelques instants, le regard embrasse sans
effort l'ensemble harmonieux de ce poème païen,
et contemple avec ravissement tous les personnages que le pinceau de Raphael a semés à profu-
sion sur cette muraille vivante.

La figure allégorique de *la Poésie*, qui sert
d'épigraphe à la grande fresque du *Parnasse*,
est une des plus sublimes créations du maître,
une des créations les plus parfaites de l'art de
tous les temps. Sur un siège de marbre, posé
sur des nuages, est assise une femme au vêtement
semé d'étoiles. Son regard est inspiré, sa tête
couronnée de lauriers. Elle plane majestueusement, ailes déployées ; elle semble s'élever, s'é-
lever, et, de plus en plus, se rapprocher des
cieux. L'œil est frappé par cette image resplendis-
sante, qui exprime si poétiquement la beauté,
la jeunesse, la flamme éternelle de la divine
poésie. Deux petits génies, placés à ses côtés,
portent des tablettes, avec ces mots : *Numine
afflatur.*

Dans la grande peinture murale du *Parnasse*,
placée au-dessous de la figure précédente, Apollon, assis sous des lauriers, au bord de l'Hip-
pocrène, entonne ses chants, en s'accompagnant,
non pas d'une lyre, comme l'avait dessiné Raphael

dans sa première esquisse, mais d'un violon;
singulier anachronisme auquel on prétend qu'il a
été entraîné par le pape ou par un autre grand
personnage qui aurait voulu perpétuer de la sorte
le portrait de quelque habile virtuose de cette
époque. Les neuf Muses, partagées en deux groupes, entourent Apollon. Puis viennent les grands
poètes grecs et romains, et les poètes de l'Italie.
Homère chante ses récits héroïques, qu'un jeune
homme écrit sur une feuille de papyrus. Virgile
s'entretient avec Dante. Près de la magnifique
figure de Sapho de Mitylène, trois poètes lyriques,
Alcaüs, Anacréon et Pétrarque, conversent avec
Corinne de Thèbes, dont les beaux cheveux flot-
tent sur ses épaules. Pindare, assis au premier
plan à droite, parle avec inspiration à Horace,
qui s'avance vers lui. Non loin de Sannazar, une
vive discussion est engagée entre Ovide et trois
poètes, parmi lesquels on reconnaît Boccace et
Antonio Tebaldo.

La conception du sujet est, on le voit, autant
italienne qu'antique, et l'ordonnance générale
offre l'image d'une réunion de beaux esprits appartenant à la haute société de ce temps-là.

Raphael utilisa l'espace de chaque côté de la
fenêtre, au-dessous du *Parnasse*, par deux petits

sujets en grisaille, dans lesquels il a voulu glorifier les deux grands poètes de l'antiquité. D'un côté, Alexandre fait déposer les poèmes d'Homère dans le tombeau d'Achille ; de l'autre, Auguste empêche Plautius Tucca et Varius, amis de Virgile, ses exécuteurs testamentaires, de brûler *l'Énéide*, selon les volontés de l'auteur.

Cette composition n'a pas la même richesse d'invention, ni la même profondeur dans les caractères, que *la Dispute du saint Sacrement;* mais c'est au sujet lui-même qu'il faut s'en prendre, et qui n'offrait pas à l'artiste un motif d'exprimer les sentiments religieux dont son âme était pénétrée. Cette fresque n'a pas non plus été terminée avec le même soin que la précédente ; cependant on remarque que la lumière y est mieux distribuée, et que les draperies y sont aussi plus largement traitées.

Au-dessus du célèbre tableau de *l'École d'A-thènes* est la figure allégorique de la Philosophie, qui lui sert d'épigraphe. Elle est représentée par une femme assise sur un siège ou trône dont chaque montant est un de ses termes appelés *Diane d'Ephèse*, assemblage symbolique des différents règnes de la nature. Son aspect est sévère, son regard méditatif. Elle a sur ses genoux les

livres de la Nature et de la Morale; les couleurs
et les ornements de sa draperie représentent in-
génieusement les quatre éléments : l'air, le feu,
l'eau et la terre. A ses côtés, deux enfants tiennent
des tablettes, avec cette inscription : *Causarum
cognitio.*

La troisième grande peinture murale, si célèbre
sous le nom de *l'École d'Athènes,* nous montre
Raphael déjà grandi d'une manière sensible, et
grandi sous tous les rapports. Cette composition
représente une assemblée de philosophes de l'antiquité, dans un magnifique vestibule. Rangés par
groupes d'écoles, ils forment un groupe surpre-
nant et clair du développement historique de
la philosophie grecque. Et comme c'est surtout
d'Athènes que vinrent les sciences, la désignation
d'*École d'Athènes* est assez justifiée.

On voit, en commençant par le côté gauche du
premier plan, les plus anciennes écoles philoso-
phiques groupées autour de Pythagore. Socrate,
ses adeptes et ses adversaires sont en quelque
sorte le trait d'union vers Platon et Aristote,
entourés de leurs élèves, et occupant le milieu du
tableau, comme représentants suprêmes de la philosophie grecque dans sa double tendance.

Plus loin, à droite, sont les stoïques, les

cyniques, les épicuriens et quelques philosophes
postérieurs ; enfin, à l'avant-plan du même côté,
les maîtres des sciences positives, parmi lesquels
on remarque un mathématicien, qui pourrait être
Euclide où Archimède, sous les traits de Bramante.

Non loin de ce groupe, deux vénérables figures symbolisent la Géographie et l'Astrono-
mie. La première, vue de dos, est le géographe
Ptolémée, dont l'ouvrage servit de guide à tous
les voyageurs jusqu'au xvi⁰ siècle : l'autre, un
homme à longue barbe, tenant dans sa main
droite un globe céleste, est Zoroastre, qui, suivant
la tradition, s'était acquis le pays des Bactriens, du
temps de Ninus.

A l'extrémité droite de ce groupe, Raphael s'est
placé lui-même, avec son maître le Pérugin,
comme auditeurs, auprès de ces savants.

La philosophie, telle que Raphael la concevait,
telle qu'il a voulu l'exprimer, n'est pas seulement la science que nous appelons aujourd'hui
de ce nom ; c'est la réunion de toutes les connaissances acquises par le libre usage de la raison,
sans l'intervention de la foi. En d'autres termes,
c'est l'alliance de la philosophie morale et de
cette autre philosophie qu'on appelle philoso-

phie naturelle, qui comprend le cercle entier
des spéculations humaines, depuis la géométrie
jusqu'à la physiologie. Je ne crois pas qu'il
soit possible d'exprimer plus clairement le caractère auguste et majestueux que donne au
visage l'habitude des hautes pensées. Aristote
et Platon portent sur le front l'empreinte lumineuse des études qui ont rempli toute leur vie.
Il n'y a pas, dans cette imposante réunion de
savants et de sages, un personnage qui ne mérite
un attention spéciale, tant l'auteur s'est attaché à
varier les physionomies.

Pour compléter cette trop courte analyse d'une
si magnifique composition, nous devons ajouter
que le monument d'architecture qui l'entoure,
et lui sert de fond, donne à l'ensemble un caractère
solennel d'une convenance parfaite. Selon Vasari, Bramante en aurait été l'ordonnateur; et
comme ce superbe vestibule dessine une croix
grecque, avec une coupole, il est vraisemblable
qu'il donne une idée du plan que le savant architecte voulait faire exécuter dans l'église Saint-
Pierre.

« Dans *l'École d'Athènes,* Raphael se montre
déjà plus grand peintre et plus grand coloriste
que dans *la Dispute du saint Sacrement* et que

dans *le Parnasse*. Il y est d'une beauté de ton plus variée, sans nuire pour cela à l'harmonie de la composition. Les difficultés techniques et matérielles de l'œuvre n'entravent pas la tendance et l'action de son génie. Tout, dans *l'École d'Athènes*, est plus hardiment conçu, tout est ordonné avec plus de liberté et de goût que dans les premières peintures. Les draperies sont plus larges, les motifs des plis sont choisis avec plus de grâce et de soin. Les masses d'ombre et de lumière, étant mieux distribuées, produisent plus d'effet dans l'ensemble général (1). »

Raphael n'eut aucune espèce de modèle pour le genre, le style et l'invention de sa peinture de *l'École d'Athènes*. Nul, parmi ses prédécesseurs, n'avait pu lui en inspirer la moindre idée; et, chose remarquable, nul, depuis lui, ne s'est encore élevé à son niveau dans ce qu'on peut appeler l'idéal d'un pareil sujet. Il avait environ vingt-huit ans lorsqu'il exécuta cette vaste composition.

Le sujet de *la Jurisprudence*, dont nous allons

(1) Extrait du *Propylée des amis des arts*, de Weimar, passage cité par Passavant, tome II, page 83. Il existe une fort belle copie de ce tableau dans l'escalier de la bibliothèque Sainte-Geneviève, à Paris.

parler tout à l'heure, est surmonté, comme les
trois autres, d'une figure allégorique qui lui sert
d'épigraphe. Ici c'est la Justice que le peintre
a représentée sous les traits d'une femme, le front
ceint d'un diadème, signe de la souveraineté
qu'elle exerce. Elle tient d'une main la balance,
et de l'autre le glaive. Deux cartels, portés par
de petits génies, contiennent cette devise : *Jus
suum unicuique tribuit.*

Le mur de la salle *della Signatura* qui fait
face à la peinture du *Parnasse* ou de *la Poésie*
est également percé par une fenêtre, occupant
la partie inférieure du champ, dont le cintre sert
de cadre à toutes les autres compositions. Raphael
divisa donc en trois compartiments, donnés par
les variétés de l'emplacement, les figures propres
à bien expliquer, aux yeux et à l'esprit, son
sujet.

Là partie supérieure de la fenêtre offre trois
grandes figures allégoriques, avec quatre petits
génies. Celle du milieu, assise plus haut que les
deux autres, est la Jurisprudence personnifiée, ou
la Science du droit. Sa tête, comme celle de Janus,
est à deux visages : l'un de femme ou de jeune
homme, l'autre de vieillard barbu; celui-ci indique qu'elle connaît le passé; l'autre, le pré-

sent. Un petit génie lui présente le miroir, symbole de la science ; et le flambeau tenu derrière
elle par un autre génie signifie la clairvoyance.
D'un côté de la Jurisprudence siège la Force,
reconnaissable à son caractère de tête, à sa coif-
fure, à son armure, à la branche de chêne qu'elle
tient d'une main, au lion sur lequel son autre main
s'appuie. De l'autre côté est la Modération, dé-
signée par le mors qu'elle tient, et qui est son
symbole.

Dans un des deux espaces qui accompagnent
l'ouverture de la fenêtre, Raphael peignit Jus-
tinien publiant le Digeste ; dans l'autre, Gré-
goire IX (sous les traits de Jules II) donnant les
Décrétales.

A l'un des plafonds de fenêtre en renfoncement,
on lit, ainsi qu'on l'a pratiqué dans les autres
salles, la date de l'année où la décoration de
celle-ci fut terminée. Cette date, qui porte 1511,
nous apprend que l'espace de deux à trois années
vit achever les quatre grandes compositions dont
nous venons de rendre compte. Par conséquent,
Raphael avait de vingt-cinq à vingt-huit ans
lorsqu'il accomplit cet immense travail.

Raphael, dans les belles figures de cette dernière composition, fit preuve d'un agrandisse-

ment très sensible de manière et de style. On
pourrait croire que ce progrès aurait été dû à
l'augmentation de dimension dans les personnages. Sans doute la comparaison qu'on en fait
sur le lieu même aux trois autres compositions
dont on vient de parler, peut-être aussi la manière un peu froide dont est coloré *le Parnasse,*
peuvent coopérer à l'effet que nous remarquons.
Cependant tout le monde sera d'accord que dans
le tableau de *la Jurisprudence* la fresque est
traitée avec plus de largeur, que le style du
dessin y a plus d'ampleur, que le caractère général
y participe davantage de cette grandeur et de cet
idéal dont l'antique seul avait pu donner des leçons
à Raphael.

Cette salle, dont la décoration, commencée
en 1508, était achevée en 1511, suffirait pour
donner une idée complète de la troisième manière
de Raphael. Si plus tard le Sanzio a traité d'une
façon plus savante quelques parties de son art, il
n'a jamais exprimé sa pensée avec plus de clarté,
son génie ne s'est jamais révélé avec plus d'évi-
dence.

Une observation que la critique a faite depuis
longtemps doit trouver place ici. On a prétendu
attribuer à l'influence de Michel-Ange l'agran-

dissement de manière de Raphael. Mais d'abord
rien, dans la salle *della Signatura,* ne peut le faire
soupçonner. Faisons observer ensuite que, pendant deux ou trois années qui virent terminer
cette salle, Michel-Ange était précisément aussi,
de son côté, renfermé dans la chapelle Sixtine,
dont il avait les clefs, et il ne se laissa voir de personne (1). Qu'importe après cela le récit de Vasari, et ce qu'il rapporte du dépit de Michel-Ange,
qui, obligé par Jules II de déséchafauder la voûte,
se serait de nouveau enfui à Florence, ce qui
aurait donné à Bramante le moyen de faire pénétrer Raphael dans cette chapelle? Mais aussitôt,
dit le même biographe, la chapelle fut rendue
publique; Rome entière y accourut, et Raphael eut
tout le loisir de la voir.

On donne comme preuve de cette influence
supposée de Michel-Ange sur Raphael la peinture
qu'il fit, bientôt après, du prophète Isaïe, dans
l'église Saint-Augustin, et des sibylles et des prophètes, à l'église *della Pace.* On doit avouer qu'il y
a dans la figure d'Isaïe, la seule entre toutes celles
de Raphael, quelque chose qui rappelle les prophètes de Michel-Ange. Il serait permis de croire

(1) Voir notre ouvrage, déjà cité, sur Michel-Ange.

que cette imitation tiendrait un peu de ce que les artistes appellent *pasticcio* (pastiche), sorte de jeu par lequel on se permet de contrefaire la manière d'un autre. Raphael aurait-il eu l'intention de montrer que, s'il l'eût voulu, il aurait pu faire du Michel-Ange ?

Si quelque chose pouvait rendre cette supposition vraisemblable, c'est l'ouvrage bien autrement important qu'il exécuta immédiatement après, des sibylles et des prophètes, dans l'église Sainte-Marie-de-la-Paix. Là on croirait qu'il a véritablement accepté le défi avec Michel-Ange, en se mesurant avec lui sur le même terrain, mais beaucoup moins pour être son imitateur que pour établir, de la façon la plus évidente, en quoi son talent différait de celui de son rival. En effet, on dirait qu'il a pris à tache de montrer, précisément dans les mêmes sujets, ce qui manque à Michel-Ange, c'est-à-dire la noblesse des formes, la dignité du caractère, la beauté des physionomies, la propriété du sujet.

On s'accorde généralement à reconnaître que les prophètes et les sibylles de l'église *della Pace* sont un des ouvrages les plus achevés de Raphael, et qu'ils déposent d'un accroissement assez notable pour devoir indiquer le plus haut degré de ce qu'on appelle sa seconde manière, si ce n'est le commencement de la troisième; mais on peut ajouter encore que ces ouvrages paraîtraient avoir été faits dans la vue d'annoncer plutôt l'opposition de son goût avec celui de Michel-Ange que l'intention de s'en rapprocher.

Peu de figures portent à un plus haut degré le caractère d'inspiration divine, de ce sentiment noble, profond, mystérieux, empreint dans les écrits des prophètes. Ceux qui se sont attachés à une analyse plus sentimentale des nuances qui varient l'expression de ces personnages, ont cru trouver, dans les traits que le pinceau a tracés de chacun d'eux, les diversités mêmes de leur génie et de leur langage; car le propre des ouvrages de Raphael est de donner encore plus à penser qu'à voir; et ce n'est pas d'aujourd'hui qu'on lui a appliqué ce que Pline a dit de Timanthe : *In omnibus ejus operibus intelligitur plus semper quam pingitur.*

Raphael n'a point habillé de figures avec plus d'ampleur et de dignité que celles de ses prophètes. Si on prend la peine de leur comparer, sous ce rapport, les ajustements souvent vulgaires et toujours bizarres, les attitudes *chargées,* les caractères de tête toujours *inexpressifs* des prophètes de Michel-Ange, on n'y trouvera rien qui puisse prêter l'idée d'aucun emprunt de la part de Raphael.

Le parallèle qu'on voudrait faire des figures de femme de l'un avec celles de l'autre écarterait encore plus tout soupçon à cet égard. Michel-Ange n'a jamais porté plus loin que dans ses sibylles de la chapelle Sixtine une sorte d'é-trangeté de costumes, de formes et d'une manière d'être qui n'est ni féminine ni virile, et dont le type n'a aucun analogue. Raphael n'a guère pré-senté, dans aucun de ses ouvrages, de conceptions plus nobles, plus gracieuses, plus religieuses à la fois que celles de ses sibylles. La grâce, la beauté, la variété des ajustements, y sont au ni-veau de l'élévation du caractère et des hautes pensées dont elles deviennent pour les yeux l'ex-pression sensible.

Le parallèle dont la peinture des prophètes et des sibylles de Santa-Maria-della-Pace a fait naître l'occasion nous montre, de la manière la plus évidente, que les deux génies qu'on a si souvent l'occasion de comparer, en associant les noms qu'ils ont immortalisés, n'eurent véritable-ment rien de commun entre eux. Le germe de ces deux talents fut divers, comme leur caractère,

comme leur tempérament physique, et ne pouvait par conséquent pas produire les mêmes
fruits.

Ce fut par l'étude opiniâtre de l'anatomie, et la
savante pratique de l'économie musculaire, que
Michel-Ange s'ouvrit et ouvrit à ses successeurs,
parmi les moyens divers de l'imitation, la route
qui conduit à la science fondamentale des formes
du corps humain. Raphael, ayant formé d'a-
bord le style de son dessin par la combinaison
des meilleurs ouvrages de son temps, acheva de
l'améliorer par l'étude constante des modèles de
l'antique.

Ces deux genres d'études furent-ils, chez chacun d'eux, la cause ou l'effet de la disposition de
leur esprit et de la tendance de leur goût? Quelle
que soit la réponse, il est toujours certain que
l'une ou l'autre étude aura exercé une influence
nécessaire sur les ouvrages de chacun des deux
artistes, et, par suite, sur les impressions que le
spectateur en doit recevoir. Michel-Ange s'était
habitué de bonne heure à ne voir dans l'étude
extérieure de l'homme que l'homme physique, ou
un composé d'os, de muscles, de tendons et de
ressorts mécaniques. L'extrême habileté qu'il
acquit à faire briller dans son dessin les ressorts

5

de cette charpente dut le porter à préférer les
sujets où il pouvait faire montre de ce savoir,
en peinture surtout. Mais le savoir anatomique,
lorsqu'il domine chez l'artiste, a l'inconvénient de
le porter à remplacer, par l'énergique expression
de la forme corporelle, l'expression morale de
l'homme intérieur, c'est-à-dire de l'âme, du sentiment des affections et des passions diverses.
Ainsi Michel-Ange semble s'être plus occupé,
dans ses compositions peintes, de faire mouvoir
ses figures (en quoi il n'a point d'égal) que de
les faire penser. Généralement, nulle sensibilité
dans ses têtes, nulle grâce dans ses compositions, nulle prétention, soit à exprimer la beauté,
soit à rendre les variétés des âges, des sexes, des
conditions, des costumes, etc. Il ne connut, dans
les formes, d'autres qualités que celles de l'énergie
et de la force; dans l'expression des caractères
de têtes, d'autre mode que celui d'une humeur
sévère et sombre.

Le talent de Raphael se forma de beaucoup plus
d'éléments, et le goût de l'antique fut en définitive
celui qui les épura et les coordonna. Déjà préparé,
et porté, dès ses premiers pas, à embrasser l'uni-
versalité des qualités qui composent le peintre, il
tendit constamment, et s'éleva progressivement,

depuis son premier jusqu'à son dernier ouvrage,
à cette sorte de point de vue moral qui place les
impressions du sentiment avant celles de la
science. Celle-ci ne fut pas proprement son but,
ni surtout son but unique. Elle fut pour lui ce
qu'elle doit être, c'est-à-dire le moyen de donner
la meilleure forme à ses pensées, et d'exprimer le
caractère de chaque sujet selon chacune de ses
convenances. Aussi, lorsque dans les diversités
de ses figures et de ses compositions son rival
ne semble avoir qu'un seul ton, qu'un seul patron
de caractère, si l'on peut dire, lui, il en change
à son gré, ou, pour parler plus juste, il varie ses
modes et ses inflexions au gré du sujet qu'il doit
traiter.

Si Michel-Ange est le plus grand des dessinateurs, Raphael est le premier des peintres. Or
l'idée de peintre comprend bien plus de qualités
que celle de dessinateur. Si Michel-Ange a eu
l'avantage, par son style de dessin savant et original, de n'admettre, en ce genre, de comparaison
avec personne, Raphael a eu le mérite d'affronter
dans tous les genres tous les points de parallèle et
surtout ceux de l'antiquité (1).

(1) Quatremère de Quincy, *Histoire de Raphael et de ses
ouvrages.*

CHAPITRE V

Divers travaux de Raphael. — Peintures de la seconde
salle du Vatican
— Portrait de Baldassar Castiglione

L'exécution des peintures de Raphael dans les
salles du Vatican eut lieu à diverses reprises. Les
témoignages écrits que chacune d'elles présente,
et ceux encore des sujets où se voient les portraits
de Jules II et de Léon X, nous prouvent que les
trois salles où Raphael travailla personnellement
ne furent terminées que dans le cours de neuf années. Dans l'intervalle de temps qui s'écoula entre
ces grands travaux, et même pendant qu'il les
préparait, Raphael exécuta un nombre considérable d'ouvrages qui lui étaient demandés par

des amateurs riches et distingués ou de grands
personnages. Nous citerons entre autres *le Triom-*
phe de Galatée et *l'histoire de Psyché,* qu'il exécuta
pour le riche banquier Agostino Chigi, le même
qui lui avait commandé *les Prophètes* et *les Sibylles*
de Sainte-Marie-de-la-Paix.

C'est en 1514, c'est-à-dire la même année
qu'il avait exécuté les travaux de Sainte-Marie-
de-la-Paix, qu'il fit *le Triomphe de Galatée,* pour
orner la Farnésine, somptueuse résidence de
Chigi ; « et s'il était besoin, observe avec justesse M. Charles Clément, de prouver par un
nouvel exemple la souplesse d'esprit et la diversité
du génie de Raphael, il suffirait de rappeler que
l'un de ses plus sévères et l'un de ses plus gracieux ouvrages furent faits à peu près dans le
même temps. »

Agostino Chigi aimait passionnément les arts.
Originaire de Sienne, où il avait passé la plus
grande partie de sa vie, il avait affermé des mines
de sel et d'alun qui appartenaient au saint-siège.
Ses intérêts commerciaux l'appelant souvent à
Rome, il finit par se fixer dans cette ville. Lié avec
les artistes et les hommes les plus illustres de son
temps, ses goûts fastueux ne l'empêchaient pas
d'employer une partie de son immense fortune de

la manière la plus intelligente. Il avait fait construire dans le Transtevere, par l'excellent architecte Baldassar Peruzzi, la charmante habitation qu'on appelle la Farnésine, fait venir de Venise Sébastien del Piombo, pour y travailler, et demandé à Raphael, qu'il avait déjà chargé de construire sa chapelle sépulcrale à Santa-Maria-della-Pace, de décorer la galerie principale, divisée en plusieurs compartiments. Sanzio, sollicité de toutes parts, n'exécuta que *le Triomphe de Galatée;* il fit seulement plus tard les beaux cartons de *l'histoire de Psyché,* que ses élèves peignirent sous sa direction.

De là vient la différence qui existe dans les peintures de la Farnésine. *Le Triomphe de Galatée* est une œuvre exquise, pleine d'élégance, de finesse et de grâce, dont la gravure qui existe en France ne peut donner qu'une idée bien incomplète; nulle part peut-être Raphael n'a rivalisé plus heureusement avec l'art antique, et cette rivalité toute spontanée n'a rien qui sente l'imitation. En traitant un sujet emprunté à la mythologie grecque, il devint grec par le style; quoique le temps nous ait dérobé les œuvres d'Apelles et de Zeuxis, il semble que Raphael ait réussi à les ressusciter pour leur demander conseil. On sait

qu'il s'entourait d'une foule de renseignements
qu'il devait, soit à ses savants amis Baldassar
Castiglione, le cardinal Bibiena, l'Arioste, dont
il avait fait la connaissance en 1516 et qui lui
indiqua, dit-on, le sujet de *Psyché,* soit à des
dessinateurs qu'il avait envoyés en Sicile et jusqu'en Grèce. On trouve à chaque pas dans ses
peintures des réminiscences de l'antiquité; mais
si l'étude intelligente qu'il fit des monuments de
la Grèce et de Rome fortifia le sentiment déjà si vif
qu'il avait de la beauté, ce n'est qu'à la nature
particulière de son poétique génie qu'il doit d'a-
voir revêtu la forme gracieuse, forte, noble et
sereine, telle que la concevaient les anciens, d'une
pureté ingénue, d'une chasteté qui à ce degré
n'appartiennent qu'à lui, et qu'il a toujours mises
dans les sujets profanes ou mythologiques qu'il a
traités.

Raphael paraît s'être rendu un compte très
précis du but que l'art doit poursuivre. « Il avait
coutume de dire, rapporte Zuccaro, que le peintre
doit représenter les choses non pas comme les
fait la nature, mais comme elle les devrait faire, »
et il commente lui-même cette pensée dans la
célèbre lettre qu'il écrivit à son ami Castiglione,
précisément à propos de *Galatée.*

« Quant à la *Galatée*, dit-il, je me tiendrais
« pour un grand maître, si elle avait seulement
« la moitié des mérites dont vous me parlez dans
« votre lettre ; mais j'attribue vos éloges à l'a-
« mitié que vous me portez. Je sais que pour
« peindre une belle personne il me faudrait en
« voir plusieurs, et que vous fussiez avec moi
« pour m'aider à choisir celle qui conviendrait le
« mieux ; mais il y a si peu de bons juges et de
« beaux modèles, que je travaille d'après *une cer-*
« *taine idée* que j'ai dans l'esprit. J'ignore si cette
« idée a quelque excellence ; mais je m'efforce de
« la réaliser. »

« Cette idée que Raphael avait dans l'esprit, dit
à ce sujet M. Charles Clément, et qu'il s'efforçait
de réaliser, est la loi suprême de l'art. Que l'on
s'en rende compte ou que l'on agisse d'instinct,
lorsque l'on fait bien, c'est qu'on lui obéit. « La
« peinture, dit Poussin dans sa langue énergique,
« est amoureuse du beau ; c'est de ce beau ac-
« compli qu'elle retrace l'image. »

« C'est cette doctrine de l'idéalisme dans l'art
qu'un savant philosophe allemand a renouvelée
de nos jours avec tant de netteté. « L'artiste ne
« prend pas, dit-il, quant aux formes et aux
« modes d'expression, tout ce qu'il trouve dans la

5*

« nature, et parce qu'il le trouve ainsi. S'il prend
« la nature pour modèle, ce n'est pas parce qu'elle
« a fait ceci ou cela de telle façon, mais parce
« qu'elle l'a bien fait. Or ce *bien* est quelque chose
« de plus élevé que le réel lui-même tel qu'il s'offre
« à nos sens. » Et c'est, en effet, en poursuivant
cette beauté supérieure à la réalité, en cherchant
cette forme qui exprime véritablement l'idée qu'elle
doit représenter, que depuis Phidias tous les
grands artistes ont trouvé leurs chefs-d'œuvre. »

Ces principes, comme on le voit, s'éloignent
beaucoup des doctrines de l'école réaliste contemporaine, qui prétend que l'art doit reproduire la nature telle qu'elle est, que le beau c'est le laid, etc.;
il est vrai que nos artistes réalistes n'ont pas la
prétention de devenir des Phidias ou des Raphael.

Les admirables peintures murales que Raphael
exécuta au Vatican, dans l'église de la *Pace* et à
la Farnésine, doivent être regardées, sans doute,
comme la partie la plus importante de son œuvre,
comme le résultat du plus grand effort de son
esprit. Ayant à représenter dans des dimensions
considérables des sujets qui, pour quelques-uns
du moins, n'avaient pas encore été traités par
des peintres, l'élève du Pérugin, l'imitateur de
fra Bartolommeo, le gracieux auteur des madones

de Florence, appuyé sur la nature, sur l'art antique, soulevé et soutenu (même lorsqu'il n'en est
pas directement préoccupé) par les grands exemples de Michel-Ange au-dessus du niveau naturel
de son génie, après de courtes hésitations trouve
sa route et crée un genre qui est à lui. Cependant,
de son arrivée à Rome jusqu'à la fin de sa carrière, il exécuta, concurremment avec ces grands
travaux, un nombre très considérable d'ouvrages
moins importants, qui sont loin, sans doute,
d'être tous de la même valeur, mais qui font pénétrer, plus profondément que ses fresques elles-
mêmes, dans l'intimité de son génie.

Les travaux de chevalet de Raphael sont ses
œuvres d'élection. Leurs dimensions, le nombre
restreint des personnages qui les composent, lui
permirent de mûrir sa pensée, de condenser l'intérêt et d'accomplir l'exécution avec un soin plus
attentif. Dans ces compositions d'ordre moyen,
presque tout est parfait. Si son talent, en se fortifiant, a perdu quelque chose de sa juvénile ingénuité, il a gagné des qualités d'ampleur, d'énergie,
d'élévation, et non seulement ses compositions, à
mesure qu'il s'est approché de la fin de sa vie,
sont devenues plus complètes et plus robustes,
mais à bien des égards elles ont plus de beauté et

de perfection absolue que celles qu'il exécuta à Florence (1).

C'est ici le lieu de remarquer que Raphael employa rarement son pinceau à des peintures profanes ou mythologiques ; ce n'étaient en quelque sorte pour lui que des *études* propres à exercer son talent : les sujets religieux étaient ceux qu'il traitait de préférence et où il aimait à déployer toutes les forces de son génie, toutes les grandes inspirations de son âme.

La même année qu'il achevait les peintures de la salle *della Signatura*, c'est-à-dire vers 1511, Raphael composa le grand et admirable tableau connu sous le nom de *la Vierge de Foligno*, et qui est aujourd'hui un des plus beaux ornements du musée du Vatican. La composition est beaucoup plus importante et plus complète que celle des tableaux du même sujet exécutés à Florence. La Vierge n'est plus cette charmante jeune mère tendrement inclinée vers les deux beaux enfants, telle que le peintre l'a comprise jusqu'ici. Assise sur les nuages, c'est une reine céleste qui montre au monde son divin fils. Quatre personnages, groupés deux par deux de chaque côté du tableau,

(1) M. Charles Clément, *Études sur Raphael*, p. 292.

représentent l'humanité, qui la prie et qui l'adore.
Sigismond Conti, qui avait fait faire ce tableau,
est représenté à genoux avec son patron saint
Jérôme, qui le présente à la sainte Vierge. Vis-à-
vis, saint François paraît montrer le peuple, et
solliciter pour lui la bienveillance divine. Saint
Jean-Baptiste, debout comme saint Jérôme et lui
faisant pendant, montre de la main le Christ
à la foule, qu'on suppose rassemblée autour du
tableau. Le milieu de la composition est occupé
par un ange, debout et tenant un cartel. Autant le
type élevé du visage de la Vierge, l'ensemble majestueux de toute sa personne, la beauté divine de
l'enfant, transportent l'esprit dans une région
idéale, autant les expressions marquées, les gestes
suppliants des saints et du donateur, qui occu-
pent le bas du tableau, rappellent les misères
de la réalité. Sans sortir des lois de la peinture,
Raphael a su indiquer d'une manière poétique
et précise, par le choix des types et des expressions, non seulement le sens direct de la scène,
mais la différence de nature des personnages qui
la composent.

Ce tableau avait été composé pour Sigismond
Conti, secrétaire camérier de Jules II, qui y
figure, comme nous l'avons vu; ce qui avait,

dans l'origine, fait appeler ce tableau *la Vierge au donataire,* ou mieux *au donateur,* parce qu'il le destinait à un couvent de franciscains dont il était un des bienfaiteurs. En 1565, Anne Conti, nièce de Sigismond, le fit transporter à l'église Sainte-Anne, à Foligno, d'où lui est venu ce nom. Il fut enlevé de cette église pendant les guerres d'Italie de la fin du dernier siècle et transporté au musée du Louvre, à Paris. En 1815, il retourna en Italie et fut placé dans le musée du Vatican, où on le voit encore aujourd'hui.

C'est aussi à cette époque, de 1511 à 1513, que se rapporte un autre des chefs-d'œuvre de Raphael dans ce genre, *la Vierge au poisson* du musée de Madrid. Ce tableau présente les caractères d'élévation dans la pensée, de beauté des types, de force dans le coloris, que l'on remarque dans *la Vierge de Foligno.* Peut-être même la disposition en est-elle plus grande, la conception des personnages principaux plus poétique, le visage de Marie plus majestueux et plus sublime, l'effet de l'œuvre entière plus sérieux et plus saisissant. Ici encore, ce n'est pas seulement comme mère que Marie est représentée, mais comme la plus puissante des créatures après Dieu, écoutant les prières des hommes et intercédant pour eux. L'ange Raphael lui présente le jeune Tobie, qui lui apporte un poisson comme offrande et lui demande la guérison de son père. La prière du jeune homme est exaucée ; car le Christ étend vers lui sa main droite pour le bénir.

Raphael reprit, vers 1512, l'exécution des peintures de la seconde salle du Vatican.

Dans la première, il avait débuté par un choix de compositions et de sujets poétiques ou allégoriques qui peuvent convenir à tous les temps et à toutes les sortes de palais. Les sujets qu'il traitera dorénavant présenteront un système tout nouveau de peintures historiques, c'est-à-dire puisées dans des faits, et prises à des époques diverses de l'histoire sacrée ou profane, mais ramenées, par un génie particulier d'allusion, tantôt à la fondation de l'église de Rome, à la puissance temporelle des papes, tantôt à des faits récents, adroitement transformés sous l'image d'événements antérieurs. C'est ce qui a permis au peintre d'introduire dans leur représentation les personnages d'anciens pontifes, sous la ressemblance des papes qui commandèrent ces travaux.

Ainsi, dans le sujet qu'on appelle *la Messe de Bolsène*, Raphael a trouvé moyen, en reproduisant

l'image d'un miracle qu'on rapporte à l'an 1264,
sous Urbain IV, de faire allusion aux nouvelles
hérésies qui commençaient d'agiter l'Église sur le
mystère de la présence réelle. Par suite de cette
transposition, il imagina de placer le portrait de
Jules II sur la personne du pape assistant à cette
messe, où le prêtre incrédule découvre, avec une
surprise mêlée de confusion, le corporal ensan-
glanté par l'hostie (1).

Le mur sur lequel devait être représenté ce
prodige est percé au milieu par une fenêtre.
Rien de plus ingénieux que la manière dont Raphael utilisa cette disposition, et eut l'art de la
faire servir à l'exécution et à l'unité de son sujet,
tellement que l'on croirait, non que la peinture
s'est accommodée à la sujétion de l'espace, mais
que l'espace se sera conformé à la disposition
voulue par le peintre, pour l'aider à produire
l'heureux effet pittoresque et décoratif qu'on
y admire. Il plaça sur la ligne horizontale d'en

(1) En 1263, sous le pontificat d'Urbain IV, un prêtre qui
doutait de la transsubstantiation vit du sang couler de l'hostie
qu'il venait de consacrer, en célébrant la messe dans l'église
Sainte-Christine, à Bolsène. Ce miracle provoqua la fondation de la Fête-Dieu, qui toutefois ne fut introduite régu-
lièrement dans l'Église que cinquante ans plus tard.

haut l'autel avec le prêtre et ses desservants, ainsi que le pape Urbain (sous les traits de Jules II), en prière; sur les deux champs verticaux de chaque côté de la fenêtre sont dessinées des marches conduisant à l'autel, et au bas desquelles sont groupés la suite du pape et les fidèles.

Ce qui frappe dans cette peinture, c'est d'abord l'expression d'humilité repentante du prêtre officiant, les démonstrations de surprise des assistants, les regards courroucés qu'un des cardinaux, placé derrière le pape, lance vers le prêtre incrédule; puis le naturel caractéristique, vraiment extraordinaire des cinq soldats suisses agenouillés au premier plan à droite. Leurs traits calmes, leurs physionomies simples et rudes, forment un contraste heureux et pittoresque avec la vivacité de cette foule italienne qui s'agite à la vue du miracle, avec la dignité grave des prêtres de la cour pontificale, chez qui la foi ne saurait donner aucun accès à l'étonnement.

La peinture d'*Héliodore chassé du temple* doit avoir succédé immédiatement à celle de *la Messe de Bolsène.*

Ce sujet est tiré de l'histoire des Machabées, liv. II, ch. ii, vers. 23-28.

Héliodore, sur l'ordre du roi Séleucus, est venu enlever l'argent des veuves et des orphelins, déposé dans le temple de Jérusalem. On voit, dans l'intérieur du temple, le grand prêtre Onias et le peuple en prière devant le tabernacle et devant le chandelier à sept branches; au même moment, trois messagers célestes, dont un, sur un cheval magnifique, est cuirassé d'or, traversent les airs avec la violence de la foudre, et viennent frapper le spoliateur, sur le lieu même de son crime. Héliodore, terrassé, a laissé choir son trésor; ses deux acolytes, terrifiés, semblent encore, en fuyant, vouloir se défendre. Ce magnifique groupe offre au plus haut degré la grandeur et la justesse du mouvement et de l'expression; il occupe le côté droit du premier plan, laissant vide tout l'espace qui s'étend de là jusqu'aux prêtres en prière; ce qui indique la promptitude de la fuite d'Héliodore et des siens.

Au côté gauche de ce tableau, on voit le pape Jules II porté, par quatre serviteurs, sur la *sella gestatoria*, et contemplant cette scène. Ce hors-d'œuvre, ou, si l'on veut, cet anachronisme, fut introduit par Raphael dans sa composition, sur l'ordre du pape lui-même, afin de mieux faire comprendre que le sujet principal avait pour but de faire allusion aux barons des États de l'Église, dépouillés par Jules II des biens de l'Église qu'ils avaient injustement ravis.

Cette belle composition était à peine achevée, quand survint, le 22 février 1513, la mort de Jules II. Le 11 mars suivant, le cardinal Jean de Médicis lui succéda, sous le nom de Léon X.

Sous le pontificat de ce prince, illustré par la protection qu'il accorda aux lettres et aux arts, Raphael, on le pense bien, n'eut point à perdre au changement; s'il y en eut même pour lui, ce fut une augmentation de faveur, de confiance et de travaux.

La mort de Jules II interrompit à peine les peintures de Raphael dans les salles du Vatican. Seulement, il fallut modifier la composition de celles qui restaient à exécuter dans la chambre dite d'*Héliodore*. Les allusions préparées pour le pape qui venait de mourir durent être transformées en allusions au pape vivant.

La troisième fresque est exécutée sur un mur faisant face à celui où est peinte *la Messe de Bolsène*, et ayant, comme lui, une fenêtre au milieu. Cette fresque représente, en trois épisodes, saint Pierre délivré de sa prison.

Au-dessus de la fenêtre, on voit, à travers des

barreaux, saint Pierre enchaîné entre deux gardiens. Tous trois dorment profondément. Un ange
éclatant de lumière vient pour sauver le prisonnier.

A la droite de la fenêtre, l'ange fait passer saint
Pierre au milieu des soldats endormis qui gardent
les abords de la prison.

A gauche, en pendant, les soldats s'éveillent, et
sont consternés de cette fuite inattendue.

Les deux premiers sujets sont éclairés par la
figure lumineuse de l'ange, et le dernier, par une
torche que porte un des gardiens, et par la faible
lueur de la lune. Ces différentes lumières donnent
à la composition un aspect particulier, très saisissant et très original. Ce fut un des premiers exemples, en Italie, de ce genre d'effet, et il excita
l'admiration universelle.

L'exécution de cette fresque est également large,
légère et spirituelle à la fois.

La Délivrance de saint Pierre est une allusion
à la délivrance presque miraculeuse de Léon X,
après qu'il eut été fait prisonnier à la bataille de
Ravenne, où il assistait en qualité de légat. Le
premier anniversaire de cette délivrance tomba
précisément le jour de son exaltation au pontificat,
et il est vraisemblable qu'il ait pensé à faire per-

pétuer ce souvenir dans la fresque de *Saint-Pierre-ès-Liens*.

La quatrième peinture murale de cette salle nous montre Attila arrêté dans sa marche vers Rome par l'apparition de saint Pierre et de saint Paul. Le pape Léon Ier, venant à sa rencontre, le décide à quitter l'Italie.

Attila est représenté au milieu du tableau, sur un cheval noir tacheté de blanc; devant lui, deux soldats à pied lui montrent le pape qui vient à sa rencontre. Un épouvantable ouragan bouleverse l'atmosphère, et jette la terreur parmi les hordes sauvages des Huns; les chevaux frémissent, et, dans cette confusion, les trompettes sonnent la retraite. A gauche, monté sur une haquenée qu'un écuyer conduit par la bride, s'avance avec calme et dignité le pape saint Léon Ier (sous les traits de Léon X). Il est accompagné de deux cardinaux, en costume d'apparat, et de deux officiers de sa maison. Toutes les figures du cortège pontifical passent pour être des portraits.

Le sujet d'Attila reculant devant la puissance d'en haut, et cédant aux exhortations de saint Léon, offrait une allusion flatteuse à la politique de Léon X, qui, dès le début de son pontificat, était parvenu, par l'habileté de ses négociations,

à éloigner de l'Italie les étrangers, Français, Alle-
mands, Espagnols, qui depuis tant d'années ne
cessaient de la ravager. Cette paix ne dura, il est
vrai, que jusqu'à la mort de Louis XII, c'est-à-
dire environ deux ans; mais c'en fut assez pour
motiver l'espèce d'à-propos allégorique de la
composition d'Attila.

Comme exécution, cette fresque appartient aux
plus excellentes productions du maître. A la variété des groupes, à la clarté de l'ordonnance, à
la vérité et au mouvement des figures, se joignent
l'ampleur et la facilité de l'exécution, la correction
du dessin, la beauté de la couleur, surtout dans
le groupe du pape et de son cortège; enfin l'on
admire, à juste titre, l'éclat des deux figures de
l'apparition, et l'effet très pittoresque des masses
qui entourent Attila.

Deux inscriptions écrites de la main de Raphael
nous font connaître en combien de temps il termina les travaux de cette salle. La première
est placée sur l'architrave de la fenêtre, au bas
du tableau de *la Messe de Bolsène;* elle est ainsi
conçue :

JVLIVS. II. PONT. MAX. ANN. CHRIST. MDXII.
PONTIFICAT. SVI. VIII.

L'autre inscription, placée sous la peinture de la prison de saint Pierre, est libellée ainsi :

LEO. X. PONT. MAX. ANN. CHRIST. MDXIV.
PONTIFICATUS SVI. II.

Ainsi, c'est dans l'espace de deux à trois ans qu'il exécuta cette vaste entreprise.

Lors de l'avènement de Léon X, il y avait cinq ans que Raphael demeurait à Rome. Sa position artistique lui avait procuré la connaissance des personnages les plus distingués de la cour, outre ceux qu'il avait connus précédemment, soit à Urbin, soit à Florence. Tous, d'abord admirateurs de son génie, séduits ensuite par sa bonté et son amabilité, par le charme de sa personne, étaient devenus ses amis.

Nous citerons seulement, parmi ces derniers, le comte Balthazar ou Baldassar Castiglione, qui occupa une des premières places dans l'intimité de Raphael, parce que ce personnage nous est, pour ainsi dire, plus particulièrement connu, à cause du beau portrait qui existe de lui au Louvre, et qui est un des chefs-d'œuvre de Raphael.

Castiglione avait autrefois connu Raphael à la cour d'Urbin, où il occupait un emploi auprès du duc Francesco-Maria. Quelque temps après l'avènement de Léon X, Castiglione fut chargé par le duc d'une mission auprès de Léon X. Quelle fut, en arrivant à Rome, son émotion à la vue des superbes ouvrages de Raphael! Ce fut pour lui une joie immense que de le retrouver. Raphael peignit pour lui deux portraits : l'un en buste, l'autre à mi-corps. Celui-ci est au Louvre, sous le numéro 383 du catalogue des écoles d'Italie.

Dans ce tableau, le comte Castiglione est vu presque de face, un peu tourné vers la gauche. Sous ses épais sourcils, ses yeux bleus, bien ouverts, regardent avec un air de bienveillance le spectateur ; on reconnaît, dans son beau front, le siège d'un esprit développé par l'étude ; le caractère mâle et sérieux que donne à sa physionomie une barbe touffue est tempéré par l'expression de douceur et de finesse qui distingue sa bouche, aux lèvres fortes et rubicondes. Les deux mains sont posées l'une sur l'autre. Une barrette noire, avec un rebord très large, couvre sa tête, et une chemise blanche lui monte jusqu'au cou. Il porte par-dessus son vêtement, qui est noir, une sorte de pourpoint serré, d'étoffe brune, avec de larges manches, d'un tissu rude et filandreux.

Ce portrait d'un personnage qui était non seulement un homme de guerre, un diplomate et un

savant distingué, mais encore un ami fidèle et dévoué, est plein de vie et de vérité ; son exécution
est tout à fait magistrale. Il est peu de figures
dont l'image reste aussi profondément gravée dans
la mémoire, et, plus on le considère, plus on
reconnaît la justesse de l'éloge qu'en a fait le
comte Castiglione lui-même, dans une élégie
latine, où il fait parler sa jeune femme Ippolita
Torelli, qu'il avait été obligé de laisser à Mantoue,
en allant à Rome, pour affaires diplomatiques.
Voici ces vers, publiés pour la première fois
en 1534 :

> Sola tuos vultus referens Raphaelis imago
>   Picta manu, curas allevat usque meas.
> Huic ego delicias facio, arrideoque jocorque,
>   Alloquor ut tanquam reddere verba queat.
> Assensu nutuque mihi sæpe illa videtur
>   Dicere velle aliquid, et tua verba loqui.
> Agnoscit, balboque patrem puer ore salutat.
>   Hoc solor, longos decipioque dies.

Seule, la représentation des traits de ton visage, peinte de
la main de Raphael, allège toujours mes soucis ; je l'accable
de douceurs, je lui souris, je me joue avec elle, je lui parle
comme si elle pouvait répondre à mes paroles. Souvent ce
portrait me semble vouloir exprimer ta volonté ou ton assen-
timent ; ton enfant le reconnaît et balbutie à sa vue une parole
de respect. Par lui, je console et je charme la longueur de
mes journées.

6

CHAPITRE VI

RAPHAEL ARCHITECTE. — LES LOGES DU VATICAN. — TRAVAUX
DIVERS. — LES TRAVAUX DE HAMPTONCOURT

Pendant les grands travaux que nous avons énumérés, le talent de Raphael avait grandi avec sa réputation. Il était déjà regardé comme l'artiste universel destiné à être le moteur et le centre de tous les projets. Il était entouré d'un grand nombre d'élèves et de collaborateurs, dont l'ambition se bornait à partager ses travaux, et qui formaient, sous sa direction, le premier noyau de cette école romaine, devenue la première de toutes les écoles de peinture. C'est avec de tels secours que nous le verrons, livré à de nouvelles entreprises sans abandonner les

anciennes, satisfaire tout à la fois aux travaux
les plus divers.

Chargé, comme héritier de Bramante, qui
avait à peine planté les fondations de la cour
du Vatican (appelée la cour des Loges), d'en
continuer l'architecture, il en porta l'élévation à
trois étages, ou rangs de galeries l'un sur
l'autre, destinés à recevoir un genre d'embel-
lissement nouveau, ou du moins renouvelé de
l'antique. A l'époque où il fut chargé de ces
travaux, on venait de découvrir les thermes de
Titus. Leurs salles, longtemps enfouies, avaient
dû à la cause même qui les avait fait oublier
la conservation des peintures arabesques dont
Vitruve nous apprend que le goût fut alors de
mode chez les Romains. Jean d'Udine, qui excel-
lait à peindre les fleurs, les fruits et les ornements de tout genre, fut particulièrement celui
qui encouragea Raphael dans le projet de décoration des Loges. Celui-ci retrouva le secret
des stucs antiques; et bientôt cette grande entreprise, à laquelle présidait le génie de Raphaël,
parvint à sa perfection.

On comprend qu'une entreprise aussi vaste ne
pouvait réussir que par une réunion de talents
multiples. Elle se compose de tant de parties

diverses, que, si son mérite consista dans l'élégante exécution de chacune, son succès devait dépendre encore plus de l'heureuse combinaison de toutes. Or Raphael fut précisément ce point central. Il eut deux grands mérites en ce genre : le premier fut dans cette décoration pleine de goût qui sut coordonner toutes les parties, faire choix des détails les plus heureux, et appliquer à leur exécution l'espèce de talent qui leur convient; le second fut celui de l'originalité. Plusieurs de ses compositions, que le génie du peintre d'histoire pouvait seul concevoir, prouvent qu'il imagina le premier d'introduire dans l'arabesque un ordre d'idées dont nous ne voyons point qu'il ait trouvé le modèle dans l'antique. J'entends parler de l'allégorie, et de ces beaux montants de pilastres où tantôt les vertus, tantôt les saisons, tantôt les âges de la vie, viennent mêler leurs emblèmes divers aux doctes fantaisies de son pinceau. Ici, les symboles des sens ou des éléments; là, les instruments des sciences et des arts, avec toutes sortes d'idées personnifiées, deviennent de véritables tableaux. Raphael ne put, sans doute, entreprendre de pareils travaux, avec les innombrables détails qu'ils comportent, sans le secours des élèves et des hom-

mes habiles de tout genre qui avaient mis en
communauté avec lui leurs moyens et leurs talents; mais ce qu'il faut dire, c'est que, si ces
travaux, sans de tels secours, n'auraient certainement pu être terminés, il est encore plus certain
que, sans l'influence de son génie, ils n'auraient
pas eu de commencement.

Tous les travaux qu'il fit exécuter pour la décoration de la galerie des Loges prouvent qu'il
n'avait négligé aucune des parties subsidiaires
qui composent le domaine si varié des arts du
dessin. Mais, indépendamment de ce genre d'ornement renouvelé de l'antique par Raphael, et
auquel les modernes ont donné le nom d'*arabesques,* la galerie même lui a dû une célébrité
plus grande encore, par cette suite inestimable
de tableaux à fresques répartis, quatre à quatre,
dans les compartiments des petites voûtes de
chaque travée, et qui comprennent, en cinquante-
deux sujets, l'histoire de l'Ancien Testament.
Aussi appelle-t-on cette suite *la Bible de Raphael.*
Elle forme un de ces ensembles dont le discours
doit abandonner la description à la gravure.
C'est une sorte de traduction, en figures, de
l'histoire de la Bible, chapitre par chapitre,
l'on peut dire, et livre par livre, depuis la créa-

tion du monde jusqu'à l'avènement de Jésus-
Christ. Quatre sujets du Nouveau Testament ter-
minent cette nombreuse série, savoir : *la Nati-
vité, l'Adoration des Bergers, le Baptême du Christ
et la Cène.*

Le célèbre tableau de *Sainte Cécile* fut exécuté
dans le même temps qu'il s'occupait de la décoration des Loges. Il avait été commandé par
le cardinal de Pucci pour l'église San-Giovanni-
in-Monte, à Bologne. On a cru reconnaître, au
ton foncé de cette peinture, la coopération de
Jules Romain, le premier élève de Raphael, qui
eut le défaut de trop employer le noir dans ses
ombres; mais Raphael seul avait sans doute peint
les têtes de tous les personnages avec cette force
et cette grâce d'expression qui n'appartiennent
qu'à lui. Lui seul aussi a pu tracer et terminer,
au sommet de la composition, cet admirable chœur
des anges, dont les divins accents paraissent ou se
mêler ou préluder à ceux de la patronne des musi-
ciens.

« Cette composition, dit M. Charles Clément,
est une des plus poétiques, des plus élevées, et,
on peut dire, des plus religieuses que Raphael
ait imaginées. La sainte, debout au milieu du
tableau, est entourée de saint Paul et de Marie

Madeleine, de saint Jean l'évangéliste et de saint
Augustin. La tête vers le ciel, elle laisse tomber l'orgue, en entendant les cantiques des anges
qui répondent à ses chants. Je ne crois pas que les
transports de l'extase aient jamais été repré-
sentés avec tant de force et dans des conditions
si complètes de beauté pittoresque. Sainte Cécile
n'est presque plus sur la terre; son âme s'élance
hors d'elle pour se mêler aux chœurs des esprits bienheureux, et il semble qu'un souffle
suffirait pour l'emporter vers la céleste patrie...
Elle entend, elle voit ces êtres mystérieux que
sa pieuse et poétique imagination lui montrait
dans les profondeurs de l'infini. Elle est sur les
confins des deux mondes, et c'est ainsi que l'on
se représente saint Augustin et sa mère, assis sur
le rivage d'Ostie, plongeant leurs regards dans le
ciel entr'ouvert, et s'entretenant des choses éter-
nelles. »

Nous dirons peu de chose des autres salles du
Vatican; la plupart des ouvrages y sont dus au
pinceau des élèves de Raphael, qui travaillaient
d'après ses cartons et sous sa direction. Nous
mentionnerons seulement, dans la salle dite *Torre
Borgia, l'Incendie du Borgo Vecchio,* qui porte
évidemment des traces de la main du maître, et

qui, à ce titre, a le droit d'être sérieusement étudié (1).

Les principaux épisodes de cet incendie relèvent à la fois de Virgile et de Michel-Ange : de Virgile, pour l'invention ; de Michel-Ange, pour l'exécution ; du second livre de *l'Énéide*, et de la voûte de la chapelle Sixtine. Certes, **on ne peut contempler sans admiration cette fresque savante** ; cependant en peignant toutes ces figures, dont les attitudes variées nous révèlent avec ostentation les connaissances anatomiques de l'auteur, Raphael semble avoir fait violence aux habitudes de son génie. Les *nus* sont rendus avec un rare talent, avec une vérité qu'on ne saurait méconnaître, et pourtant cette composition n'excite pas dans l'âme du spectateur une émotion bien vive ; c'est une lutte avec Michel-Ange, hardiment engagée, hardiment soutenue ; mais cette lutte a emporté Raphael hors des voies qu'il était appelé à parcourir, et, après avoir contemplé ce tableau, on se sent involontairement tenté de dire avec le poète :

Ne forçons point notre talent.

On n'est embarrassé que du choix des ouvrages

(1) Voir, à l'appendice, *la bataille de Constantin*.

6*

dont on fera mention à l'époque où nous en sommes de la vie de Raphael. C'est celle de sa troisième manière, et aucun des tableaux exécutés
dans cette manière ne saurait être négligé. Mais
aussi cette époque est celle où, environné d'une
nombreuse école formée d'hommes habiles, il eut
le plus de moyens de multiplier ses entreprises.
On comptait dans cette école trois degrés de
talents; et c'est entre eux que Raphael parta-
geait l'exécution des ouvrages, selon l'importance
ou des travaux ou des demandes. Le travail se
divisait ainsi : Raphael composait et dessinait le
sujet; Jules Romain, ordinairement, ébauchait,
et le maître finissait. Pareille division de travail
avait lieu pour les copies; leur excellence dépen-
dait du degré dans lequel le copiste avait été
choisi, et du talent de celui qui en faisait la re-
touche.

Nous avons déjà vu Raphael, successeur de
Bramante, en 1514, construire cette cour du
Vatican qu'il a rendue célèbre par la décoration
des Loges. C'en serait assez pour que son nom
pût figurer sur la liste des meilleurs architectes;
mais il devait recueillir l'héritage entier de Bramante. Léon X, selon le vœu de cet architecte, le
nomma ordonnateur en chef de la construction

de Saint-Pierre. Le bref du pape qui contient cette nomination se fonde sur ce que, dans les plans déjà donnés par lui, il avait justifié la recommandation de Bramante. Effectivement, le plan que Serlio nous a conservé de l'église Saint-Pierre par Raphael est non seulement plus beau que le plan actuel, mais peut-être le plus beau qu'on puisse imaginer dans le système des églises modernes. Comment ne pas regretter qu'un édifice qui devait servir de modèle au goût de toute l'Europe n'ait point été élevé sur les dessins de celui qui, dans un autre genre, n'a été jusqu'ici ni égalé ni remplacé?

Nous avons de Raphael lui-même un document précieux, contenant sur sa position de fortune, et autres choses intimes, des détails du plus haut intérêt, et de plus des renseignements sur cette charge, que Léon X lui donna, de diriger les travaux de l'église Saint-Pierre; c'est une lettre qu'il adressa de Rome à son oncle Simone Ciarla, à Urbin. Voici un extrait de cette lettre :

« A mon oncle, cher à l'égal d'un père, Simone
« di Battista di Ciarla, à Urbino.

« J'ai reçu votre chère lettre, et je suis heureux
« d'y voir que vous n'êtes point fâché contre

« moi ; ce dont, en vérité, vous auriez grand
« tort, si vous considériez combien il est fasti-
« dieux d'écrire sans un sérieux motif. Aujour-
« d'hui qu'il y a importance, je vous réponds
« explicitement.

« D'abord, pour ce qui est de prendre femme,
« je vous dirai, à propos de celle que vous m'a-
« viez destinée, que je suis très content, et re-
« mercie Dieu de ne l'avoir point prise. Et, en
« cela, j'ai été plus sage que vous, qui vouliez
« me la donner. Je suis convaincu que vous
« voyez vous-même que je ne serais pas parvenu
« où je suis. J'ai déjà, à Rome, des propriétés
« pour trois mille ducats d'or (1), et un revenu
« de cinquante ducats. Puis Sa Sainteté, notre
« seigneur, m'a préposé aux travaux de l'église
« Saint-Pierre, avec un traitement de trois cents
« ducats d'or, qui ne me fera pas défaut tant
« que je vivrai. Ce ne sera pas tout. D'autre part,

(1) Le ducat d'or d'Italie, ou sequin, valait environ quarante sous de la monnaie de France, au commencement du
règne de François Ier, c'est-à-dire vingt francs, au cours
actuel, et représentant une valeur triple, c'est-à-dire plus de
soixante francs, si l'on a égard à la valeur relative des mon-
naies. A sa mort, sa fortune s'élevait à seize mille ducats,
valant trois cent mille francs, qui équivaudraient aujourd'hui
à près d'un million.

« on me paye pour mes travaux ce que bon me
« semble. De plus, les peintures d'une autre
« chambre, que j'ai entreprises sur la commande,
« me produiront douze cents ducats d'or. Ainsi
« donc, cher oncle, je vous fais honneur, autant
« à vous qu'aux autres parents et à la patrie. Je
« vous porte continuellement au fond de mon
« cœur, et, lorsque je vous entends nommer, il
« me semble entendre nommer mon père...

« J'ai cessé de parler des affaires de mariage;
« mais, en y revenant, je vous dirai que le car-
« dinal de Santa-Maria-in-Portico veut me don-
« ner sa nièce, et qu'avec le consentement de
« mon oncle le prêtre (dom Bartolommeo Santi)
« et votre consentement, je me suis mis à la vo-
« lonté de Son Éminence. Je ne puis retirer ma
« parole; nous sommes plus près que jamais de
« la conclusion, et je vous instruirai immédiate-
« ment de tout. Ne vous fâchez pas si cette affaire
« finit bien; mais, sinon, je ferai tout ce que
« vous voudrez...

« En ce qui concerne mon séjour à Rome, je
« ne puis, par amour pour les travaux de Saint-
« Pierre, rester longtemps ailleurs qu'ici; car j'ai
« actuellement la place de Bramante. Et quel lieu
« du monde est plus digne que Rome, et quelle

« entreprise plus digne que celle de Saint-Pierre,
« qui est le premier temple du monde? C'est le
« plus grand édifice qu'on ait jamais vu, et il
« coûtera plus d'un million d'or...

« ... Je vous prie d'aller chez le duc et chez la
« duchesse d'Urbin, et de leur rapporter tout
« cela, car je sais qu'ils apprennent avec plaisir
« qu'un de leurs sujets s'acquiert de l'honneur,
« et recommandez-moi à Leurs Seigneuries, de
« même que je me recommande instamment à
« vous...

« Votre RAPHAEL, peintre à Rome.

« Ce 1er juillet 1514. »

La personne dont parle Raphael dans cette
lettre, et qu'il devait épouser, se nommait Maria;
elle était fille d'Antonio Divizio da Bibiena, neveu
du cardinal. Mais ce projet de mariage échoua par
la mort de la fiancée, qui précéda de deux ans
celle de Raphael.

François Ier avait appris en Italie à unir l'amour
des arts à la gloire des armes. La réputation et le
talent de Raphael étaient à leur comble. Comment
le restaurateur des lettres et des arts en France
n'aürait-il pas eu l'ambition d'enrichir son pays
d'ouvrages propres à y produire et à diriger le

goût et l'étude de la peinture? C'est effectivement
à ce prince et à son règne que la France doit
presque tous les tableaux de Raphael qui sont
aujourd'hui le principal ornement du musée du
Louvre. Nous citerons d'abord les deux peintures
que Raphael exécuta directement sur la commande
du roi de France.

Le premier tableau est un *Saint Michel*, en
allusion à l'ordre français de chevalerie qui portait le nom de cet archange; le second est une
Sainte Famille, qui, par la dimension et le nombre
des figures, dépasse tout ce que Raphael avait fait
jusque-là dans ce genre.

Le *Saint Michel* représente la puissance irré-
sistible de la volonté divine, ou le triomphe du
bien sur le mal. L'archange, rapide comme l'é-
clair, fond sur Satan, et, en le touchant du pied,
il le terrasse. Sa beauté, sa jeunesse, son hé-
roïsme, ont un caractère surnaturel. C'est à peine
si le regard du spectateur s'abaisse sur le démon
écrasé, dont Raphael, avec un tact parfait, et au
moyen d'un raccourci extrêmement habile, a su
dissimuler la laideur fantastique.

Ce tableau est placé à l'angle sud-est du grand
salon carré, en entrant par la galerie d'Apollon;
il est inscrit sous le numéro 382.

La grande *Sainte Famille* (ainsi nommée quelquefois parce qu'elle est, dans cet ordre de sujets,
l'œuvre la plus capitale du maître) exprime le
bonheur, l'amour, l'adoration des membres de
cette famille pour le divin enfant. La noblesse et
la richesse de son ordonnance, la pureté de son
style, sont encore rehaussées par la présence de
deux anges qui prennent part aux joies du foyer
domestique.

La Vierge étend les bras vers l'enfant Jésus, qui
s'élance hors de son berceau; sainte Élisabeth,
agenouillée, engage le jeune saint Jean à adorer
le Sauveur; et saint Joseph, enveloppé dans son
manteau, semble absorbé dans la contemplation
de cette scène.

Mais d'où vient que cette pensée du maître, si
simple en elle-même, transporte ainsi notre âme,
et fait vibrer en nous les facultés les plus précieuses que le Ciel nous ait accordées? La raison
en est dans la sainte mission et dans la grandeur
de l'art chrétien. C'est que Raphael, divinement
doué, a répandu sur cette composition tous les
parfums de son âme inspirée. Ici tout est est noblesse et harmonie, et le sentiment religieux
du peintre répond à ce que la nature a de plus
pur.

Ce tableau orne le grand salon carré du Louvre,
où il figure sous le numéro 377.

Jules Romain a aidé Raphael dans l'exécution
de ces deux tableaux; mais il les termina tous
deux lui-même, et il y a tracé son nom, avec la
date de 1518. Au mois de juin de la même année,
ils furent expédiés au roi François, à Fontaine-
bleau, où la cour était réunie.

On peut s'imaginer la joie et l'admiration de
François Ier lorsqu'il contempla ces chefs-d'œuvre.
Quelle que fût la gloire de Raphael et l'opinion
qu'on avait pu se faire en France de son talent,
toute attente fut dépassée. Aussi le roi chercha-
t-il, par tous les moyens possibles, à attirer le
grand artiste italien à sa cour; mais Léon X, à
cause des travaux de Saint-Pierre, n'aurait pu
consentir à ce désir du roi de France; et rien,
d'ailleurs, n'aurait pu décider Raphael à quitter
Rome et l'Italie.

Ce fut aussi vers cette époque que l'on envoya
au roi de France le portrait de Jeanne d'Aragon,
duquel Raphael n'avait peint que la tête, tout le
reste ayant été exécuté, d'après ses dessins, par
Jules Romain. Cette princesse, qui passait alors
pour la beauté la plus accomplie de Rome, est
représentée assise, tournée à gauche, et vue de

trois quarts. Le pur ovale de son visage est accompagné de superbes cheveux blonds tombant sur la nuque; ses yeux bleus sont encadrés de beaux sourcils arqués; son front est découvert, son nez fin, sa bouche délicate et gracieuse, et son menton rond accuse une jolie fossette. Elle est coiffée d'une toque de velours rouge garnie de pierres précieuses.

Ce tableau est placé dans une des nouvelles galeries du Louvre, non loin du beau portrait du comte Castiglione, qui lui est bien supérieur comme exécution.

Passons à un autre ordre de travaux exécutés vers la même époque.

La Flandre possédait alors de célèbres manufactures de tapisseries, et ce genre d'industrie venait d'y être porté au point de pouvoir reproduire, avec une grande exactitude, les effets de la peinture. Léon X, voulant se procurer de ces tapisseries, eut l'heureuse idée de charger Raphael d'en exécuter les dessins. On lui doit cette magnifique suite de grandes compositions connues sous le nom de *cartons* de Raphael (1).

---

(1) On sait qu'en peinture on donne le nom de *cartons* à des dessins exécutés sur un fort papier, ou sur du carton, pour servir de patron à divers ouvrages, tels que la peinture

Le genre de peinture de ces *cártons* est celui qu'on appelle *à la détrempe,* c'est-à-dire que les couleurs en sont détrempées dans de l'eau où l'on mêle de la colle, de la gomme, ou toute autre matière glutineuse, qui les lie et leur donne la faculté d'adhérer au fond sur lequel on les applique. Le maniement de ce procédé de peinture demande de la hardiesse et y porte naturellement par la facilité indéfinie des retouches que le peintre y trouve. Un tel genre d'ouvrage devait avoir de l'attrait pour un génie aussi fécond que Raphael, et habitué à produire avec tant de promptitude. Aussi paraît-il s'y être adonné avec une prédilection particulière.

Douze magnifiques tapisseries qui ornent les salles du Vatican furent le résultat de ce travail. Sept seulement des cartons originaux subsistent encore, et ornent la galerie royale de Hampton-court, en Angleterre. Le travail original de ces cartons fait concevoir ce qui peut manquer en hardiesse et en justesse de dessin aux copies exécutées en tapisseries.

Ces tapisseries avaient été destinées par Léon X

à fresque, la tapisserie, la mosaïque, etc., et faits dans les mêmes dimensions que les ouvrages à l'exécution desquels on veut les appliquer.

à orner les salles dont toutes les superficies n'é-
taient point de même mesure. Quatre pièces, surtout, sont de moitié moins larges que les autres,
savoir : *le Massacre des Innocents*, sujet divisé en
deux ; *les Disciples d'Emmaüs, Jésus apparaissant
à Madeleine.* Les neuf autres sujets, composés,
comme les précédents, de figures plus grandes
que nature, sont : *l'Adoration des Mages, la Des-
cente du Saint-Esprit, la Pêche miraculeuse, Jésus-
Christ donnant les clefs à saint Pierre, saint Paul
aveuglant l'enchanteur Elymas, saint Pierre et
saint Jean guérissant un boiteux dans le temple,
Ananie frappé de mort par saint Paul, saint Bar-
nabé à Lystre, saint Paul prêchant dans Athènes.*
Les sept derniers de ces sujets sont ceux dont les
cartons ornent la galerie de Hamptoncourt ; et il
faut avouer que s'il est permis d'avoir quelque
préférence non pas entre les ouvrages de Raphael, mais entre les sujets qu'a traités son pinceau dans cette nombreuse suite, le sort sem-
blerait avoir choisi, pour les épargner, ceux qui
réunissent à une plus grande richesse de composition la plus grande élévation de pensée, de style
et d'expression. Raphael, lorsqu'il exécuta ces
cartons, ce qui doit avoir eu lieu pendant les
deux dernières années de sa vie, était dans toute

la force de l'âge et de son talent. On est forcé d'y
voir une nouvelle preuve de l'ascension conti-
nuelle qui est si remarquable dans la succession de ses œuvres.

Les cartons de Hamptoncourt ont malheureusement beaucoup souffert. Les ouvriers d'Arras les
avaient découpés en morceaux pour faciliter leur
travail. Les cartons restèrent entre leurs mains
jusqu'au moment où Charles Ier les acheta. Ils
furent mis en vente avec les autres ouvrages d'art
appartenant à ce prince, et Cromwell en ordonna
l'acquisition; mais ce ne fut que sous le roi Guillaume qu'on en réunit les fragments, et qu'on les
mit dans l'état où ils sont aujourd'hui. « Malgré
tous ces accidents, dit M. Charles Clément, malgré les restaurations maladroites qui, plus encore
que le temps et les hasards, les ont dégradés,
bien que Raphael n'y ait pas seul travaillé, et que
la main de ses élèves s'y montre dans plus d'un
endroit, ils restent un des plus splendides monuments de l'art moderne. Ce ne sont pas des cartons tels que ceux que l'on prépare pour servir
à la peinture à fresque, mais de vrais tableaux
coloriés à la détrempe, dont les teintes plates sont
relevées par des hachures à la craie noire. Ce genre
de peinture permet une exécution rapide et, pour

ainsi dire, sommaire. Il a le charme de la fresque,
sa douceur et sa clarté, et il permet cependant
les retouches que la peinture murale ne comporte
pas. Dans ces belles et savantes improvisations,
Raphael ne fut gêné par aucun des embarras,
aucune des lenteurs et des difficultés d'exécution
particulières à des œuvres de cette importance. Il
put s'abandonner sans réserve à sa verve créatrice,
et donner à ces compositions le caractère poétique
et spontané qui les distingue à un si haut degré...
C'est dans ces cartons que se montrent dans tout
leur éclat les plus éminentes qualités de Raphael.
Force et originalité de l'invention, beauté des
types, explication simple et dramatique du sujet,
agencement clair et savant des groupes, distribu-
tion habile et large de lumière, grand caractère
des draperies, tout s'y trouve réuni... Quelle
grandeur et quelle vérité, ajoute-t-il plus loin,
Raphael a su donner à son saint Paul, qui revient
toujours le même, et toujours différent, dans plusieurs de ses compositions! Je ne connais rien de
plus grand que cette figure de l'apôtre des gentils
prêchant à Athènes,

Suspendant tout un peuple à ses haillons divins;

rien de plus dramatique et de plus émouvant que

le mémé apôtre déchirant ses vêtements dans *le
Sacrifice de Lystra*. L'art semble ne lui avoir
donné qu'une réalité historique plus grande, et
c'est de lui que Bossuet a parlé : « Il ira, cet
« ignorant dans l'art de bien dire, avec cette lo-
« cution rude, avec cette phrase qui sent l'étran-
« ger, il ira en cette Grèce polie, la mère des
« philosophes et des orateurs, et, malgré la ré-
« sistance du monde, il y établira plus d'églises
« que Platon n'y a gagné de disciples avec cette
« éloquence qu'on a crue divine (1). »

(1) M. Charles Clément, *Élude sur Raphael*, p. 301
et 302.

CHAPITRE VII

DERNIERS TRAVAUX DE RAPHAEL. — SA MORT. — APERÇUS
SUR LE GÉNIE ET LES OUVRAGES DE RAPHAEL

Nous regrettons que le cadre dans lequel nous
sommes obligés de nous renfermer ne nous permette pas de mentionner un plus grand nombre
de chefs-d'œuvre qui signalèrent cette époque de
la vie de Raphael. Nous nous bornerons à parler
seulement de deux ou trois des plus remarquables.
Tel est, entre autres, le célèbre tableau appelé *lo
Spasimo*, ou le *Portement de croix*, ouvrage que
l'on doit considérer comme marquant le point
culminant de son talent, et qui, par la force de
l'expression, surpasse tous ses autres ouvrages.

Ce chef-d'œuvre de la peinture a subi les plus

7

extraordinaires vicissitudes. Destiné à la cathédrale de Palerme, il avait été embarqué sur un
navire faisant voile pour la Sicile. Ce bâtiment,
assailli par une violente tempête à sa sortie du
port, donna contre un écueil où il s'entr'ouvrit,
et périt corps et biens. Parmi les épaves rejetées
par les flots sur la côte, se trouva la caisse qui
renfermait le tableau ; elle était intacte, et pas une
goutte d'eau n'y avait même pénétré. On l'ouvrit,
et l'on trouva la peinture aussi fraîche que si elle
sortait de l'atelier de l'artiste. On cria au miracle,
et le tableau fut porté solennellement à Gênes,
où il fut placé dans la cathédrale ; car le naufrage
avait eu lieu dans le voisinage de cette ville. Le
bruit de cet événement étant arrivé à Palerme,
on s'empressa de réclamer le tableau miraculeuse-
ment sauvé. Il paraît que la réclamation souffrit
de grandes difficultés ; car il fallut toute la protection de Léon X pour le faire rendre au couvent de Palerme, qui en paya largement la resti-
tution.

Ce tableau passa depuis en Espagne, d'où
la guerre le fit, en 1810, transporter en France.
La même cause l'a fait depuis retourner en Espagne.

Avec le tableau du *Spasimo* fut enlevée du

musée de Madrid, pour y retourner avec lui, la belle sainte Famille appelée *la Vierge à la perle*. Philippe IV, roi d'Espagne, l'avait achetée de la veuve de Charles Ier, roi d'Angleterre, pour la somme de trois mille livres sterling (soixante-quinze mille francs). On raconte qu'à la première vue de cet ouvrage de Raphael Philippe s'écria : « Celui-ci est ma perle. » De là l'espèce de surnom qui a continué à le désigner.

Nous mentionnerons encore le beau tableau du *Saint Jean dans le désert*. La figure offre ce qu'en terme d'artiste on peut appeler un des plus beaux *nus* qu'ait faits Raphael. Il y a beaucoup de vérité dans le dessin du corps, dans les formes du torse. Le ton brillant des chairs et la forte opposition des ombres lui donnent un relief singulier.

Raphael était, à cette époque, parvenu à l'apogée de son talent, de sa réputation et de son crédit. On n'avait jamais vu, et l'on n'a point encore vu depuis, d'artiste porté, par la seule puissance du génie, à un tel degré, soit de cette renommée qui rend un nom partout célèbre, soit de cette considération personnelle qui fait sortir l'homme du rang ordinaire, et qui le place, dans l'opinion, au niveau des rangs les plus élevés.

Tout contribuait alors à faire de Raphael un personnage très important. Il occupait à la cour une charge honorifique; son existence semblait être celle d'un prince : *viveva da principe,* comme disent ses biographes.

Michel-Ange, le stoïque Michel-Ange, vivant seul, allant et travaillant seul, formait, sous tous les rapports, le contraste le plus frappant avec Raphael. Depuis l'achèvement, qui eut lieu à la fin de 1512, des peintures de la chapelle Sixtine, Michel-Ange ne joua plus aucun rôle à Rome. Il perdit beaucoup de temps aux démêlés occasionnés pour l'achèvement du tombeau de Jules II. Léon X l'employa encore plusieurs années, à Florence, aux recherches des marbres de Seravezza, pour les projets de la façade de Saint-Laurent (1). Or, ces années-là, Raphael les avait employées à multiplier ses ouvrages, à perfectionner sa manière, à augmenter sa réputation. Il n'était bruit que de Raphael : c'était un dire général qu'à peine le cédait-il à Michel-Ange pour le dessin, mais qu'il le surpassait en tout dans les autres parties de la peinture.

Ce fut vers cette époque que Raphael composa

(1) Voir notre ouvrage intitulé *Michel-Ange,* publié par Alfred Mame et fils, à Tours.

le tableau de *la Transfiguration*, qui mit le comble
à sa gloire, non pas seulement parce qu'il fut le
dernier fruit de son génie, la plus grande de ses
compositions peintes à l'huile, mais encore parce
qu'il est celui de ses ouvrages où l'on s'est toujours plu à reconnaître, de la part du peintre,
l'accord du plus grand nombre des mérites de la
peinture; celui où l'on trouve qu'il porta le plus
loin l'excellence du pinceau, la force de la couleur,
la magie du clair-obscur, et d'autres qualités pra-
tiques dont le discours ne saurait donner une idée.
Nous allons tâcher seulement de décrire l'ensemble de cette composition, afin de donner à nos
lecteurs une idée de la manière dont l'artiste a
envisagé son sujet et l'a traité.

Raphael conçut son sujet en deux parties dis-
tinctes. Dans la partie supérieure, le Christ vient
de s'élever du Thabor, et il apparaît à ses apôtres
au centre d'une lumière éblouissante et surna-
turelle dont il est lui-même le foyer. Ses yeux
et ses bras sont élevés vers le ciel. A ses côtés
planent fixement, comme lui, les apparitions de
Moïse et d'Élie. Sur la montagne même, les apôtres
Pierre, Jean et Jacques sont prosternés par terre;
leurs yeux ne peuvent supporter l'éclat de la lumière céleste; et c'est à ce moment qu'ils enten-

dent la voix mystérieuse qui leur dit : « Celui-ci est mon Fils bien-aimé, écoutez-le. »

Mais si, de cette hauteur, on abaisse ses regards vers la partie inférieure du tableau, on est frappé du plus émouvant contraste entre l'apparition céleste, si majestueusement grande, et la nature humaine et démoniaque, dans son état le plus désordonné; car le motif principal de cette partie de la composition est un père qui vient d'amener son fils possédé du démon, et qui demande secours aux apôtres. Cette souffrance physique et morale, cette misère et cette faiblesse de la nature humaine sur la terre navrent le cœur; mais ce sentiment que le maître a voulu produire comme contraste du céleste au terrestre, trouve sa consolation et son véritable sens chrétien dans les différents gestes des apôtres, dirigés vers le Christ, sauveur des hommes. Ces gestes, si vifs et si animés par la foi, relient ainsi les deux scènes de la composition, et en forment une seule, d'une richesse et d'une profondeur merveilleusement combinées.

Cet ouvrage, selon Vasari, fut entièrement terminé par Raphael, quoiqu'une opinion, assez répandue chez les artistes, ait établi que quelques parties durent recevoir de Jules Romain le dernier

fini. Il paraît toujours que l'exécution de ce grand
ouvrage occupa ses derniers moments, concurremment avec les projets de la grande salle du
Vatican, dite *de Constantin*, sur lesquels Raphael
fondait de hautes espérances. Il y voulait symbo-
liser la domination de l'Église par les événements
les plus mémorables de la vie de Constantin. Il
dessina quelques esquisses, et termina les cartons
de *la Bataille de Constantin*. Mais, comme l'ouvrage ne fut pas continué sous la direction du
maître, et qu'il fut repris seulement par ses élèves
Jules Romain et Francesco Penni, sous le pontificat de Clément VII, nous n'en parlerons pas davantage.

Raphael n'avait pas encore achevé le tableau
de *la Transfiguràtion*, lorsqu'il sentit tout à coup
approcher sa dernière heure, au moment de sa
plus grande activité, et presque encore dans la
fleur de sa jeunesse. Une fièvre ardente et ma-
ligne l'avait saisi pendant des recherches archéo-
logiques qu'il faisait au milieu des ruines de
Rome, et sa délicate organisation, surexcitée par
les efforts incessants de son génie, allait succom-
ber à la première atteinte de la maladie.

Néanmoins il put encore régulariser ses dernières dispositions terrestres. Par son testament, il

donna mille ducats d'or à ses parents de Florence;
mais il légua sa fortune patrimoniale à la confrérie
de Santa-Maria-della-Misericordia. Il légua au
cardinal Bibiena, dont il avait dû épouser la nièce,
sa belle maison près du Vatican. A ses élèves
Giulio Pipi (dit Jules Romain) et Francesco Penni,
il laissa tout ce qu'il possédait en objets d'art. Il
les chargea en même temps de terminer, d'accord
avec les personnes qui les avaient commandées,
toutes les œuvres en voie d'exécution. Il fit choix,
pour sa sépulture, d'une chapelle qu'il avait fait
restaurer dans ce but, à Santa-Maria-Rotonda
(l'ancien Panthéon), et il consacra une somme de
mille écus d'or, dont le revenu servirait à l'entre-
tien de la chapelle et au traitement du chapelain
chargé de dire tous les ans un certain nombre de
messes pour le repos de son âme.

Après qu'il eut réglé de la sorte ses affaires ici-
bas, il reçut, en chrétien fervent et plein de foi,
les sacrements de l'Église, et se recommanda à la
miséricorde de Dieu. Il mourut à l'âge de trente-
sept ans, le vendredi saint, 6 avril 1520, jour
anniversaire de sa naissance.

La douleur que causa sa mort est inexprimable.
Il fut exposé dans une chapelle ardente, élevée
dans sa maison, et ses nombreux amis vinrent une

dernière fois contempler ses traits chéris, et lui prodiguer leurs derniers témoignages d'affection.

Derrière le catafalque était dressé le tableau, inachevé, de *la Transfiguration*.

Cette dernière production de son génie exprimait mieux que toutes les paroles humaines la grandeur de la perte que venaient d'éprouver l'art et l'Italie.

Le corps fut déposé sous la voûte sépulcrale, derrière l'autel, près de la place où se trouvait l'inscription à la mémoire de Maria Bibiena sa fiancée.

A l'un des côtés du tombeau, on incrusta l'épitaphe suivante, par le cardinal de Bembo :

D. O. M.

RAPHAELI SANCTIO JOAN. F. URBINATI,

PICTORI EMINENTISS. VETERUMQUE ÆMULO,

CUJUS SPIRANTES PROPE IMAGINES SI

CONTEMPLERE, NATURÆ ATQUE ARTIS FOEDUS FACILE INSPEXERIS.

JULII II ET LEONIS X PONT. MAX. PICTURÆ

ET ARCHITECT. OPERIBUS GLORIAM AUXIT.

VIXIT A. XXXVII INTEGER INTEGROS.

QUO DIE NATUS EST EO ESSE DESIIT VII ID. APRIL. MDXX.

ILLE HIC EST RAPHAEL TIMUIT QUO SOSPITE VINCI

RERUM MAGNA PARENS ET MORIENTE MORI.

Dans le courant de l'année 1833, on pratiqua des fouilles dans le soubassement de la statue de la

7*

Vierge dont Lorenzo Lotti avait décoré, d'après le désir qu'il en avait exprimé, le tombeau de son maître Raphael. On trouva dans une voûte en brique, construite au niveau du sol, précisément au pied de la statue de Lotti, le squelette du grand artiste parfaitement intact. On lit, dans une lettre adressée à M. de Quatremère de Quincy par un des membres de la commission chargée de suivre l'enquête : « Le corps est bien proportionné ; il est haut de cinq pieds deux pouces trois lignes ; la tête, bien conservée, a toutes les dents, encore belles, au nombre de trente et une. La trente-deuxième, de la mâchoire inférieure, à gauche, n'était pas encore sortie de l'alvéole. On revoit les linéaments exacts des portraits de *l'École d'A-thènes*. Le cou était long, les bras et la poitrine délicats ; le creux marqué par l'apophyse du bras droit paraît avoir été une suite du grand exercice de ce bras dans la peinture. » Et M. Passavant, qui vit chez le sculpteur Fabris le moule en plâtre du crâne de Raphael, le décrit ainsi : « Le front s'avance en saillie au-dessus des yeux ; mais il n'est pas large et n'offre pas une hauteur considérable. Par contre, la partie occipitale du crâne forme un bel arc, d'une ampleur extraordinaire. En général, toutes les parties de la tête présentent un développement égal, sans que l'une prédomine sur l'autre. » Ces renseignements complètent le portrait que Bellori trace de Raphael : « Il était d'une complexion très grêle et délicate, qui ne promettait pas une longue vie; car il avait le cou long et mal placé. Ces mauvaises dispositions physiques, la fatigue résultant d'études continuelles, et son goût pour le plaisir durent abréger sa vie. » Du reste, les traits de Raphael nous sont connus; il s'est représenté dans plusieurs de ses ouvrages, notamment dans *la Dispute du saint Sacrement,* avec le Pérugin (les deux personnages mitrés); dans le côté droit de *l'École d'Athènes* (groupe de Zoroastre), dans *le Parnasse* (un des personnages qui se trouve du même côté que Dante et que Virgile), dans le *Porte-croix* de la fresque d'*Attila*. Les Offices de Florence, l'Académie de Saint-Luc, à Rome, ont aussi des portraits à l'huile de Raphael, exécutés par lui-même. D'après tous ces portraits on peut décrire aussi l'ensemble de sa physionomie : son visage, agréable et délicat, est loin d'être régulier; le nez est grand et fin, les lèvres pleines, la mâchoire inférieure avancée; mais les yeux sont très beaux, bien ouverts, doux et bienveillants; les cheveux sont bruns comme les yeux, le teint olivâtre.

Nous terminerons cette esquisse rapide de la
vie et des travaux du peintre d'Urbin par quelques
aperçus propres à faire mieux connaître le génie
auquel l'art dut tant de merveilles, et qui seront
le résumé de ce qui précède.

En supposant le talent de Raphael parvenu à sa
maturité en 1505-1506, époque à laquelle le pape
Jules II l'appela à Rome, la carrière du plus grand
des artistes qui aient laissé dans leurs œuvres une
trace lumineuse de leur passage ici-bas, s'est écou-
lée dans la limite étroite d'environ quatorze ans.
On a peine à comprendre que, pendant ce peu de
jours, tant de chefs-d'œuvre aient été conçus,
entrepris et conduits à leur terme. De quelle puissance d'exécution ne fallait-il pas que fût doué ce
jeune homme qui, à peine sorti de l'école, fondait la plus célèbre de toutes, et imprimait à la
peinture un caractère que les autres maîtres ont
en vain essayé de faire revivre depuis (1)!

Quelques biographes ont prétendu, dans le but
de diminuer sa gloire, qu'il lui avait suffi d'un

(1) Le seul recueil des estampes assemblées, vers le milieu du xvii° siècle, par l'abbé de Marolles, en contenait
sept cent quarante gravées d'après Raphael, et le burin
n'avait pas encore reproduit la moitié des sujets traités par
cet artiste.

coup d'œil donné à une des compositions de Michel-Ange pour permettre à Raphael de s'en appro-
prier les hardiesses les plus heureuses. Si ce bruit
traditionnel était l'expression d'un fait vrai, il
renfermerait le plus grand éloge dont pût s'honorer la mémoire d'un artiste, puisqu'il consta-
terait à la fois une force d'imagination prête à se
saisir de ce qui a passé devant elle comme une
simple image, et la simultanéité d'un talent qui,
sans hésiter, appelle sur la toile des beautés du
premier ordre à une seconde naissance, de même
qu'un homme exécute des mouvements libres par
un simple acte de volonté.

Tel était, en effet, le trait caractéristique du
génie de Raphael. Il peignait comme, avec une
tête bien organisée, on pense, sans effort; comme
on s'explique et l'on raisonne dans un cercle où
une société choisie est admise. C'est un récit
noble, touchant ou gracieux, et quelquefois riche
de ces trois qualités, auquel il se livre à l'aide de
sa palette, ainsi qu'un orateur d'un goût épuré
s'en acquitterait avec des paroles; ainsi qu'un
poète, sous le souffle de l'inspiration, le retrace-
rait dans un style plein de cette magie qui rend
les actions présentes. Il est aussi bien maître de ses
crayons que les illustres compositeurs Pergolèse

et Cimarosa le sont des consonances harmoni-
ques que leurs doigts habiles semblent enchaîner
en frappant sur les touches d'un clavier.

Tout est expression dans ses figures; tout est
d'accord pour leur création, depuis l'orteil qui
pèse sur le sol, ou qui l'effleure à peine, jusqu'aux
cheveux qui se dressent au sommet de la tête, ou
qui l'accompagnent en ondulant avec grâce. La
belle, la noble antiquité revit dans ses tableaux;
elle y gagne même un accroissement de ce sens
moral qui, dans les œuvres des Phidias et des
Praxitèle, lui communique tant de charme. C'est à
la poésie de la religion chrétienne que Raphael a
emprunté celui-ci; car il est, avant tout, artiste
chrétien, avec un cœur tendre, mais dont la
flamme, dédaignant une nourriture terrestre, va
se repaître dans une région plus haute; avec une
imagination riche de ses conquêtes, pleine du sentiment de sa force, Raphael a deviné les mystères
les plus doux du culte de l'Évangile, et a été le
digne interprète des autres.

En nous invitant à contempler les douleurs de
l'Homme-Dieu dans le Christ du *Spasimo*, il nous
permet d'interroger la pensée éternelle sur les
destins de l'humanité entière, et il nous initie à
ce grand secret de la nouvelle alliance qui, par

expiation, dans la mort du juste par excellence, a trouvé son accomplissement.

Mais vient-il à placer l'enfant céleste entre les bras de la femme surnommée le Vase d'élection, il vous émeut et vous demande en même temps du respect. Comme dans cette double impression il résulte une harmonie suave et sublime! Combien il y a d'amour dans les yeux de Marie quand elle les abaisse sur l'enfant divin, et que cet amour est plein de dignité! Le regard de Marie plonge dans l'avenir, et il est plein de mélancolie et de résignation : elle entrevoit le Golgotha. Que Raphael s'attache à l'une ou à l'autre idée, il est toujours fidèle à la voix du ciel ou à celle de la nature.

Lorsque le chaste travail du pinceau, associant ainsi ce qui se trouve de tendre dans les entrailles de la mère à ce qu'il y a de grand dans la confidence des décrets éternels, est parvenu à confondre des sentiments presque contraires dans une seule expression, on peut dire qu'il est monté au faîte de l'art. Bien loin derrière lui, il laisse alors la plume du prosateur ou celle du poète, auxquels il n'est donné, en dépit de leurs efforts, que de décrire, d'une manière imparfaite et successive, ce qui nous ravit, par sa simultanéité inattendue, sur un front de quelques printemps.

Cette supériorité d'exécution est si positive, que
Raphael a ôté aux artistes qui viendront après lui
le droit de peindre des *Vierges*, à moins qu'ils ne
les conçoivent dans la même pensée, c'est-à-dire
avec la même foi qui animait son inspiration; car
c'est bien de lui, et de lui seul, qu'on peut dire
que, transformant en réalité effective la parole de
l'ange annonciateur, il nous les a montrées *pleines
de grâces.*

Dans les sujets mythologiques ou profanes qu'il
a traités, et qui sont relativement peu nombreux,
si on les compare aux sujets religieux qui ont été
l'objet principal de ses travaux, il ne s'égara pas à
la recherche d'une beauté de convention. Il con-
sentit bien à prendre les anciens pour maîtres de
ses études; mais c'est dans la nature qu'il trouva
ses modèles, et il apprit seulement de ses devan-
ciers à les discerner. Ses compositions mythologiques elles-mêmes, si merveilleusement empreintes
du goût antique, sont toujours chastes et pures.
Jamais il ne dévia de la route sacrée de l'art. Voilà
ce qui fait que, dans tout ce qui est sorti du pinceau de Raphael, il existe une vérité telle, qu'on
est tenté de dire : « Oui, cela a eu vie : femme,
cela a charmé par son regard, par son attitude,
par sa simple démarche; homme, cela a pensé,

et a eu une volonté ferme. » Cette condition rem-
plie est le cachet, ou plutôt la pierre de touche
du talent, et c'est à ce signe que vous reconnaîtrez
le peintre d'Urbin.

Une autre preuve de la mission à laquelle il
semble avoir été appelé, c'est qu'aucun de ses
ouvrages ne porte la dure empreinte du travail.
On dirait volontiers qu'admis au secret de sa
courte existence, il s'est hâté de les produire; on
serait même tenté de croire qu'ils lui ont fort peu
coûté. Il semble qu'ils n'aient point dû fatiguer
l'artiste; car le spectateur ne se lasse pas de les
voir. L'œil, qui y trouve un repos, ou mieux
l'âme, qui, en les contemplant, goûte une sorte de
quiétude heureuse, ne s'en détache jamais qu'avec
peine, et est ramenée par un attrait toujours nouveau. C'est le voyageur quittant à regret le beau
site devant lequel il a arrêté ses pas.

« Ici, dit M. Kératry, à qui nous avons emprunté
quelques-unes des réflexions qui précèdent, nous
signalerons une particularité dont plus d'un artiste
a pu faire l'épreuve sur lui-même. Quand nos
jeunes élèves français sont jetés, pour la première
fois, au milieu de la Rome des pontifes chrétiens,
succombant, à bien dire, sous le poids des chefs-
d'œuvre qui les entourent, escortés en esprit par

les grandes ombres de tant de personnages illustres
qui ont foulé les pavés de cette capitale, deux fois
abattue et deux fois remontée sur le trône de l'u-
nivers, ils ne portent leurs pas sous les voûtes du
Vatican qu'avec l'impatience de repaître leur vue
des admirables peintures dont, sur la foi des livres
et des estampes, surabonde déjà leur mémoire.
Comme de raison, avant toutes, celles de Raphael
y ont pris place : eh bien! devant les tableaux qui
plus tard exciteront leur enthousiasme jusqu'au
désespoir de parvenir jamais à de pareils succès,
ils cherchent Raphael, et s'étonnent de ne pas le
trouver. Il faut qu'on leur dise : « Vous êtes de-
« vant lui! tournez les yeux; le voilà encore!
« c'est sur cette toile, c'est sur ce stuc qu'il pei-
« gnait. Prenez-y donc garde! »

« Ceci s'explique sans peine : ils s'attendaient
au fracas des écoles modernes, et tout est tranquille sous leurs yeux, ou plutôt il ne règne tout
juste, sur les surfaces où s'est promené le pinceau
du grand maître, que cette somme de mouvement
nécessaire à la consommation de l'action représentée. Rien d'exagéré, rien de superflu. L'actua-
lité de la vie est constatée par la seule pose des
figures qui, saisies presque toutes au milieu de
leur intention, parlent, confèrent ou agissent ainsi

qu'elles le feraient dans un appartement ou sur la place publique. Pas une ne se dessine comme si elle se croyait regardée du dehors ; chaque geste attend sa fin, ou indique qu'elle vient d'avoir lieu. Telle est l'expression que vous recevrez de *la Dispute du saint Sacrement* ou de *l'École d'Athènes*. Dans *l'Attila,* il est vrai, la scène est plus animée ; mais encore cet effet a lieu sans la ressource ordinaire des peintres, sans entassement, sans désordre ; car il n'en fallait pas ici. Le ciel a brillé ; c'est la terreur qui va agir sur le roi des Huns, marteau de l'univers. A la vue de l'épée flamboyante des deux apôtres qui planent dans le ciel comme un nuage épais, les coursiers se dressent, se replient sur eux-mêmes ; les cavaliers, par une attitude pareille, semblent se dérober au coup qui les menace. Voici le seul mouvement manifesté à la droite du tableau, tandis qu'à la gauche, occupée par saint Léon, sous les traits de Léon X, et par trois ou quatre autres membres du sacré collège, se remarquent une tranquillité imposante et un calme plein de majesté. L'artiste a voulu vous dire que la force de Dieu est dans cette partie de la composition offerte à vos regards ; et ce qu'il a voulu, il l'a pleinement exécuté.

« On conçoit à présent que nos jeunes dessi-

nateurs commencent par être peu sensibles aux
beautés de Raphael; un peu plus tard ces beautés,
sûres de leur effet, les captiveront et les attache-
ront par des liens secrets. Ils y reviendront sans
cesse; ils y seront rappelés même involontairement; et peut-être, par elles devenus trop difficiles, ils payeront en mépris, qu'ils étendront sur
tout le reste, les arrérages accumulés au profit
d'une admiration tardive (1). »

Le genre de mérite de Raphael serait très dif-
ficile à caractériser. Ce serait vouloir définir la
nature elle-même, dont il a été constamment l'interprète. Toutefois si, comme le dit Horace, la
poésie a une grande analogie avec la peinture,
nous ne saurions lui refuser quelque ressemblance
avec deux illustres poètes. Beau comme Virgile,
vrai comme lui dans les détails et dans l'expression
du sentiment, Raphael a sur lui l'avantage d'une
ordonnance plus noble, plus vaste et mieux dis-
posée pour l'effet général de la composition. Pur,
tendre, gracieux et plein d'harmonie comme Ra-
cine, il est mieux nourri, plus antique, et constamment plus près de la nature; il sacrifie moins
aux conventions; il paye un moindre tribut à son

(1) Kératry, *Notice sur Raphael.*

siècle. Les tableaux du fondateur de l'école romaine sont de tous les temps; quelques-unes des
tragédies du poète français, bien que les sujets en
soient pris ailleurs, datent trop ouvertement du
règne de Louis XIV. Aussi ce serait surtout avec le
poète de Mantoue qu'il serait permis de comparer
le peintre d'Urbin. Le favori de Léon X a eu une
dernière conformité avec l'ami d'Octave : c'est
que tous les deux ont péri à la fleur de l'âge.
Leur muse, païenne chez l'un, chrétienne chez
l'autre, fit entendre également, avant leur trépas,
le chant du cygne. Dans les derniers soupirs de
l'un, elle a murmuré les beaux vers de *l'Énéide*,
ainsi que, dans le magnifique tableau de *la Transfiguration* de l'autre, elle a produit des accords
dignes d'être répétés dans les cieux.

FIN

APPENDICE

———◦◊◦———

NOTICE

DES TABLEAUX ET DES DESSINS DE RAPHAEL

EXPOSÉS AU MUSÉE DU LOUVRE

Cette notice contient : 1° le numéro d'ordre sous lequel le tableau ou le dessin est inscrit; 2° l'indication du sujet; 3° les dimensions du tableau ou du dessin; la matière sur laquelle il a été exécuté; la grandeur, au moins approximative, des figures; 4° la description sommaire du tableau, de manière, toutefois, à ne pas faire double emploi avec ce qui a été dit dans le corps de l'ouvrage; 5° les renseignements qui peuvent servir à établir son originalité, sa provenance, son état de conservation, etc.

TABLEAUX

375. — *La Vierge, l'enfant Jésus, le jeune saint Jean,* composition connue sous le nom de LA BELLE JARDINIÈRE. Hauteur 1 mèt. 22 cent., largeur 0 mèt. 80 cent. Ce tableau, cintré par le haut, est peint sur bois. Figures petite nature. (Voir, pour la description du sujet, page 62 ci-dessus.)

Ce tableau faisait partie de la collection de François Ier. Son authenticité est constatée par la signature de l'auteur, qu'on lit sur le bord de la robe de la Vierge : RAPHAELLO. VRB., et, plus haut, la date sur la bordure du vêtement, derrière le coude du bras gauche : M. D. VII.

376. — *La Vierge, l'enfant Jésus endormi, le jeune saint Jean.* Hauteur 0 mèt. 68 cent., largeur 0 mèt. 44 cent. Peint sur bois, figures petite nature. Cette composition est connue sous le nom de LA VIERGE AU VOILE, AU DIADÈME, OU LE SOMMEIL DE JÉSUS. Ce tableau faisait partie de la riche collection

de Raymond Phélippaux de la Vrillère, secrétaire d'État, collection achetée en 1713, par Louis-Alexandre de Bourbon, prince légitimé. En parlant de cette collection, Germain Brice, dans sa *Description de la ville de Paris,* dit : « Un des principaux ornements de cette collection était un beau tableau de Raphael, qui représente la sainte Vierge qui considère l'enfant Jésus endormi, lequel a passé, en 1728, dans le cabinet du prince de Carignan, et dont on a une si belle estampe gravée par Poilly. » Ce tableau fut acheté par Louis XV à la vente du prince de Carignan (Voir la description, page 65.)

377. — *Sainte Famille.* Hauteur 2 mèt. 7 cent., largeur 1 mèt. 40 cent. Sur toile, figures de grandeur naturelle.

L'enfant Jésus s'élance de son berceau dans les bras de sa mère, assise à sa droite; il est adoré par saint Jean, qui lui est présenté par sainte Élisabeth, assise à gauche. Un ange répand des fleurs sur la Vierge; un autre se prosterne; à droite, saint Joseph, la tête appuyée sur la main, est absorbé dans la méditation. On lit sur le bord du manteau de la Vierge: RAPHAEL. VRBINAS. PINGEBAT. M. D. X. VIII., et plus haut, également sur le bord du manteau : ROMÆ.

8

Ce tableau appartenait à la collection de François Iᵉʳ. Les historiens disent que François Iᵉʳ, dans son admiration pour le tableau de *Saint Michel,* que Raphael lui avait envoyé, récompensa le grand artiste avec une telle munificence, que celui-ci, à son tour, voulut reconnaître la libéralité du monarque en peignant pour lui une *Sainte Famille,* qu'il le priait d'accepter à titre d'hommage. François Iᵉʳ répondit à Raphael « que les hommes célèbres dans les arts, partageant l'immortalité avec les grands rois, pouvaient traiter avec eux ». Il accepta le tableau, doubla le prix qu'il avait donné à l'artiste pour le *Saint Michel,* et l'invita à venir à sa cour. Léon X s'opposa à son départ de Rome. Mais une correspondance fort curieuse, publiée dans le *Carteggio* de Gaye (tome II, pages 146 et suivantes), démontre l'inexactitude de cette anecdote. Il résulte très clairement de cette correspondance que c'est le duc d'Urbin qui était alors en France, qui a commandé à Raphael, pour François Iᵉʳ, *la Sainte Famille* et *l'Archange saint Michel;* que ces deux peintures ont été faites à la même époque, qu'elles sont arrivées ensemble en France, et qu'il n'y a pas eu assaut de générosité entre l'artiste et le roi. Ce tableau était, dans l'origine, peint sur bois; il a été depuis transporté sur toile.

378. — *La Vierge, sainte Élisabeth, l'enfant Jésus caressant le jeune saint Jean.* Hauteur 0 mèt. 38 cent., largeur 0 mèt. 32 cent. Sur bois, figures de 0 mèt. 35.

A droite, l'enfant Jésus, debout, appuyé sur la Vierge, et les pieds posés sur son berceau, prend dans ses deux mains la tête du jeune saint Jean, que sainte Élisabeth, agenouillée, lui présente. Derrière les figures un pan de mûr en ruines, avec des arbres. A droite et à gauche, fond de paysage.

On lit dans le catalogue raisonné de la collection de Louis XIV, par Lépicié : « Ce tableau appartenait à M. Loménie de Brienne, lorsque Louis XIV le fit acheter. M. Félibien croit qu'il vient de la maison de Boissy, et qu'il a été apporté en France par Adrien Gouffier, cardinal de Boissy, à qui Raphael l'avait donné en reconnaissance des bons offices que ce prélat lui avait rendus auprès de François Ier. Il ajoute que Mazarin en avait eu un semblable du marquis de Fontenay-Mareuil, ambassadeur de France auprès d'Urbain VIII ; et que ce ministre l'avait acheté à Rome comme l'original, persuadé par le chevalier del Pozzo que le tableau appartenant au roi n'en était qu'une copie faite par Jules Romain. Félibien prétend avec rai-

son que Raphael n'a fait aucun de ces deux
tableaux, et qu'ils ont été peints l'un et l'autre par
des élèves de ce grand maître, sur ses dessins,
mais que celui du roi a été retouché et fini par
Raphael. » Cette opinion des critiques du siècle
dernier n'est point contredite par les connaisseurs
de nos jours.

379. — *Sainte Marguerite*. Hauteur 1 mètre
78 cent., largeur 1 mèt. 22 cent. Sur toile, figure
petite nature.

Sainte Marguerite, debout, vue de face, et tenant
une palme, foule du pied un monstre renversé,
dont on voit à gauche la gueule béante.

Ce tableau appartenait à la collection de François Ier; il avait été fait, à ce que l'on croit, pour
Marguerite de Valois, sœur de François Ier. Les
comptes des bâtiments royaux fournissent les renseignements suivants : « Donné la somme de onze
livres à Francisque Primatice, de Bologne, le
peintre, pour avoir vaqué, durant le mois d'octobre
1530, à laver et nettoyer le vernis à quatre grands
tabeaux appartenant au roi, de la main de Raphael d'Urbin, à savoir : *Saint Michel*, *Sainte
Marguerite, Sainte Anne* (*la Sainte Famille*, n° 377),
et le portrait de la reine de Naples (Jeanne d'Aragon, n° 384). » **Plus tard, le 27 novembre 1685,**

on trouve dans les mêmes comptes « une somme de onze cents livres à un sieur Geslin, peintre, pour avoir raccommodé un tableau de Raphael représentant sainte Marguerite ». Ce **tableau**, peint originairement sur bois, transporté ensuite sur toile, a beaucoup souffert des nettoyages et des restaurations.

380. — *Saint Michel*. Hauteur 0 mèt. 31 cent., largeur 0 mèt. 27 cent. Sur bois, figure de 0 mèt. 10 cent.

381. — *Saint Georges*. Hauteur 0 mèt. 32 cent., largeur 0 mèt. 27 cent. Sur bois, figure de 0 mèt. 16 cent.

Ces deux tableaux, destinés à se faire pendant, ont été peints en 1504 pour le duc d'Urbin Guid'-Ubaldo de Montefeltro (Voir la description au chapitre ii ci-dessus.)

Le *Saint Georges* faisait partie de la collection de François Ier ; quant au *Saint Michel*, il a été apporté en France par le cardinal Mazarin, et il n'est entré dans la collection du roi qu'après la mort de ce cardinal.

382. — *Saint Michel terrassant le démon*. Hauteur 2 mèt. 68 cent., largeur 1 mèt. 60 cent. Sur toile, figure de grandeur naturelle.

Nous avons donné ci-dessus, page 46, la des-

cription de ce tableau. On lit sur le bord du vêtement de saint Michel : RAPHAEL. VRBINAS. PINGEBAT.
M. D. X. VIII.

La peinture de Raphael, exécutée originairement sur bois, fut promptement altérée; le Primatice la restaura en 1530, comme nous venons
de le voir; elle fut retouchée par Geslin en 1685;
M. Picault transporta le *Saint Michel* sur toile
en 1753; en 1776, la toile se trouva gâtée, et
M. Haquin rentoila ce tableau. Il fut rentoilé pour
la troisième fois en 1800 par M. Picault fils; enfin
il a été encore l'objet d'une restauration en 1863
ou 1864.

383. — *Portrait de Balthasar* ou *Baldassar Castiglione*. Hauteur 0 mèt. 82 cent., largeur 0 mèt.
67 cent. Peint sur toile, buste; figure de grandeur
naturelle.

Nous n'avons rien à ajouter à la description que
nous avons faite de ce tableau à la fin du chapitre v, ci-dessus. Ce portrait était devenu la propriété du cardinal Mazarin, et il fut estimé, dans
son inventaire, trois mille livres. Louis XIV l'acquit des héritiers du cardinal. Il a été peint, dans
l'origine, sur bois, et transporté sur toile. Il est
parfaitement conservé.

384. — *Portrait de Jeanne d'Arágon*. Hauteur

1 mèt. 20 cent., largeur 0 mèt. 95 cent. Sur toile,
figure à mi-corps de grandeur naturelle.

Cette princesse, fille de Ferdinand d'Aragon,
duc de Montalto, petite-fille de Ferdinand Ier, roi de
Naples, mariée au prince Ascanio Colonna, conné-
table de Naples, et morte en 1577, est représentée
de trois quarts, tournée à gauche, avec de longs
cheveux, coiffée d'une toque de velours rouge
ornée de pierres précieuses, et vêtue d'une robe de
même étoffe. A gauche, dans le fond, une femme,
vue de dos, appuyée sur une balustrade entre deux
colonnes, et plus loin un jardin et des salles de
verdure.

Ce tableau appartenait à la collection de François Ier. La tête seule, suivant Vasari, est de Raphael; le reste est de Jules Romain. On croit que
ce fut le cardinal Jules de Médicis, plus tard Clément VII, qui envoya au roi de France le portrait
d'une princesse célèbre par sa beauté et par son
esprit. On connaît beaucoup de copies de ce tableau; mais l'authenticité de celui du Louvre n'est
point contestable.

385. — *Portrait d'un jeune homme.* Hauteur
0 mèt. 59 cent., largeur 0 mèt. 44 cent. Buste,
figure petite nature, sur bois.

Ce jeune homme, âgé de quinze à seize ans, a la

tête vue de trois quarts, tournée à droite, les cheveux blonds, et porte une toque noire. Il est accoudé sur un appui en pierre, et sa tête repose sur sa main droite.

Ce portrait, admirablement exécuté, a long-temps passé pour être celui de Raphael lui-même; mais cette peinture, évidemment de la troisième manière du peintre, a dû être exécutée de 1515 à 1520, et ne peut, par conséquent, représenter ses traits. Ce tableau faisait partie de la collection de Louis XIV.

386. — *Portraits d'hommes.* Hauteur 0 mètre 99 cent., largeur 0 mèt. 83 cent. Sur toile, figures à mi-corps, grandeur naturelle.

Le premier personnage est représenté derrière un mur d'appui, tenant de la main gauche la garde de son épée, étendant la main droite, et semblant désigner un objet en dehors du tableau. Il a la tête nue, se tourne vers un homme placé à gauche, au second plan. Celui-ci est vu presque de face, et pose sa main gauche sur l'épaule de son compagnon.

Ce tableau appartenait à la collection de Fran-çois Ier. Lépicié, dans le catalogue des tableaux du roi, l'attribue à Raphael; d'autres critiques pré-tendent, les uns qu'il est de Sébastien del Piombo, d'autres qu'il est de Pontormo; mais ils n'apportent aucune preuve assez concluante pour que les conservateurs du musée aient osé changer la première attribution de ce tableau.

D'APRÈS RAPHAEL

390. — *L'École d'Athènes.* Hauteur 5 mèt. 4 cent., largeur 8 mèt. 7 cent. Toile, figures plus grandes que nature.

391. — *La Messe de Bolsène.* Hauteur 5 mèt. 4 cent., largeur 6 mèt. 91 cent. Toile, figures plus grandes que nature.

392. — *La Bataille de Constantin.* Hauteur 4 mèt. 35 cent., largeur 10 mèt. 30 cent. Toile, figures plus grandes que nature.

393. — *La Dispute du saint Sacrement.* Hauteur 5 mèt. 80 cent., largeur 8 mèt. 10 cent. Toile, figures de grandeur naturelle.

Ces quatre tableaux sont des copies exécutées d'après les célèbres fresques du Vatican, et commandées par Colbert pour être exécutées en tapisseries. Les trois premières sont de Bon Boulogne, et la quatrième, du Tiersonnier.

DESSINS ORIGINAUX DE RAPHAEL

310. — *Le Passage de la mer Rouge.* Composition pour un des sujets des Loges du Vatican.

A la pierre noire et à la plume, lavé de bistre et rehaussé de blanc. Hauteur 0 mèt. 200 millim., largeur 0 mèt. 286 millim.

Ce dessin a été tiré au carré, pour servir à la fresque. Il a été acheté, à la vente du roi des Pays-Bas, au prix de quatre cents florins, c'est-à-dire, avec les frais, neuf cent sept francs trente centimes.

Exposé salle des Boîtes.

311. — *La Coupe de Joseph trouvée dans le sac de Benjamin.*

L'envoyé de Joseph est debout au milieu de la composition, tenant en main la coupe accusatrice. Les fils de Jacob l'entourent, protestant de leur innocence. Deux d'entre eux sont agenouillés.

Dessiné à la plume, hauteur 0 mèt. 212 millim., largeur 0 mèt. 390 millim. Exposé à la salle des Boîtes.

312. — *Téte de jeune homme vu de trois quarts, les cheveux flottant en arrière, les traits agités par la colère.* Pour l'un des anges vengeurs qui chassent Héliodore du temple, dans la fresque du Vati-

can. Dessiné au fusain et à la pierre noire ; hauteur
0 mèt. 268 millim., largeur 0 mèt. 329 millim.

313. — *Tête de jeune homme vu de profil, la*
bouche entr'ouverte, les cheveux jetés en arrière.
Pour le second ange de la composition d'Héliodore.
Au fusain et à la pierre noire, avec quelques touches au crayon blanc ; hauteur 0 mèt. 277 millim.,
largeur 0 mèt. 341 millim.

Ce dessin et le précédent ont été piqués, et
paraissent être des fragments du carton qui a
servi à l'exécution de la peinture. Ils ont malheureusement beaucoup souffert, et ont été retou-
chés.

314. — *Étude, d'après nature, d'homme à moitié*
nu, debout, le corps de trois quarts, la tête de profil et
légèrement penchée, le bras gauche levé vers le ciel.
Dessiné à la sanguine ; hauteur 0 mèt. 253 millim.,
largeur 0 mèt. 134 millim.

Cette étude était la première pensée de la figure
du Christ pour la composition d'un des cartons de
Hamptoncourt, *le Christ remettant les clefs à saint*
Pierre. La collection de dessins du château de
Windsor possède le dessin du sujet entier, dans
lequel se retrouve notre figure. Mais, en peignant
le carton, Raphael en a complètement changé les
lignes, l'expression et le mouvement.

315. — *La Vierge, assise, donnant le sein à l'enfant Jésus.* Lavé de bistre sur un trait à la pierre noire rehaussé de blanc; hauteur 0 mèt. 249 millim., largeur 0 mèt. 185 millim. Acheté par Louis XIV à la collection du banquier Jabach. Exposé salle des Boîtes.

316. — *Étude pour une sainte Famille.*

La sainte Vierge, assise et vue de trois quarts, soutient de sa main gauche, au moyen d'un anneau et d'une légère ceinture, l'enfant Jésus, à moitié debout sur ses genoux. Dans le haut, tête de vieillard, vue de trois quarts et tournée vers la droite.

Dessiné à la mine d'argent sur papier teinté de jaune; hauteur 0 mèt. 226 millim., largeur 0 m. 154 millim.

Ce croquis était destiné au tableau de *la Vierge au palmier,* qui faisait autrefois partie de la célèbre collection du duc d'Orléans, régent, et qui se trouve maintenant, en Angleterre, chez lord Ellesmere. Il a été tiré au carreau, et Raphael lui-même a indiqué, par quelques coups de crayon, la forme circulaire qu'il voulait donner au panneau. Dans la peinture, saint Joseph est agenouillé et vu de profil. Les lignes du groupe de la Vierge et de l'enfant sont restées à peu près les mêmes que dans le dessin.

317. — *Femme assise, se penchant pour prendre dans ses bras un enfant.*

Étude, d'après nature, pour la figure de la Vierge, dans le grand tableau de *la Sainte Famille* peint pour François Ier en 1518. Dessiné à la sanguine ; hauteur 0 mèt. 341 millim., largeur 0 mèt. 119 millim.

318. — *Deux hommes nus, debout, vus de profil, tournés vers la droite ; l'un d'eux s'incline et porte les deux mains à sa poitrine ; l'autre lève la gauche vers le ciel.*

Étude pour deux figures d'apôtres qui se trouvent au bas de la montagne, dans le tableau de *la Transfiguration.* A la sanguine ; hauteur 0 mèt. 341 millim., largeur 0 mèt. 221 millim.

319. — *Le Christ mort*, composition de huit figures.

La sainte Vierge, assise à terre, soutient la tête du Sauveur. L'excès de sa douleur a vaincu ses forces, et elle tomberait en arrière, si deux saintes agenouillées près d'elle ne lui prêtaient secours. Une autre femme, debout, s'approche de Marie, et soulève le voile qui enveloppe sa tête. Sainte Marie Madeleine, assise et les jambes repliées, retenant de son bras gauche la partie inférieure du corps du Christ, et la main droite posée sur celle du

Sauveur, tourne ses regards avec tendresse vers la
Vierge; et l'on voit qu'elle s'élancerait aussi à son
aide, si le précieux fardeau qui porte tout entier
sur ses genoux ne l'en empêchait. A droite, saint
Jean, debout et les mains jointes, est absorbé
dans son affliction; à gauche, saint Joseph d'Ari-
mathie, vu de face et levant la main droite; il
porte une longue barbe, et sa tête est coiffée d'un
turban.

Dessiné à la plume; hauteur 0 mèt. 325 millim.,
largeur 0 mèt. 397 millim.

M. Passavent, dans son excellent ouvrage sur
Raphael, pense que ce dessin a été exécuté en 1505
ou en 1506. M. Reiset, l'un des conservateurs du
musée, lui assigne une date postérieure. « La force
des expressions, dit-il, la hardiesse du raccourci
du bras de la Madeleine, la perfection des pieds
et des mains, la beauté des formes du corps du
Christ, beauté telle, que nous ne craignons pas
de le dire, Raphael ne s'est jamais élevé plus haut:
toutes ces qualités réunies nous font croire que la
date de 1508 doit approcher davantage de la
vérité. »

Selon le même M. Reiset, ce dessin a dû être
fait pour quelque ami, ou offert à quelque protecteur; car Raphael n'avait pas l'habitude de finir à

ce point des études qu'il faisait pour son propre usage. Tout indique, dans cet incomparable dessin, un ouvrage mûrement réfléchi, et pour les détails duquel le maître a consulté avec soin la nature.

Cet ouvrage a été acheté pour le musée, à la vente du roi des Pays-Bas, au prix de six mille neuf cents florins, c'est-à-dire, avec les frais, quinze mille six cent cinquante francs quatre-vingt-dix centimes. Il est exposé dans la salle des Boîtes.

320. — *Jésus-Christ dans sa gloire, assis sur les nuages, les bras levés. A gauche, la sainte Vierge; à droite, saint Jean. Dans le bas, saint Paul, debout, et sainte Catherine, agenouillée.*

Cette composition est connue sous ce titre : *les cinq Saints.* Dessin lavé de bistre sur trait à la plume, rehaussé de blanc ; hauteur 0 mèt. 417 millim., largeur 0 mèt. 290 millim.

Ce dessin a souffert. Il est exposé salle des Boîtes.

321. — *Buste du Père éternel, vu de face, la main droite levée pour donner la bénédiction.* Dessiné au charbon et à la pierre noire, avec quelques touches de blanc, sur papier gris-brun. Forme

hexagone ; hauteur 0 mèt. 348 millim., largeur
0 mèt. 377 millim.

Ce dessin est un fragment du carton de *la Dispute du saint Sacrement*, première fresque peinte
par Raphael au Vatican. Il est piqué et passé à la
pointe.

322. — *Études diverses pour la figure de Bramante* qui se trouve dans la partie gauche du tableau de *la Dispute du saint Sacrement*.

La tête est vue de profil, tournée vers la droite,
et Bramante a posé évidemment pour ce croquis.
Au-dessous de la tête sont quatre études de mains,
également prises sur la nature, et dont deux ont
servi pour la fresque.

Dans le bas du dessin, et dans un sens opposé,
se trouve indiqué le mouvement de la figure entière, drapée et appuyée sur une espèce de balustrade. Tout en haut, on voit l'étude détaillée du
cou, tel qu'il a été peint. Ce dessin est fait à
la mine d'argent sur papier teinté de gris pâle.
L'artiste a ajouté quelques traits de plume au portrait de Bramante, pour augmenter la vivacité de
la ressemblance. Hauteur 0 mèt. 413 millim.,
largeur 0 mèt. 278 millim.

Ce dessin a été acheté pour le musée, à la vente
du roi de Hollande, pour le prix de quatre cent

vingt florins, soit, avec les frais, neuf cent cinquante-deux francs soixante-cinq centimes.

323. — *Sainte Catherine d'Alexandrie.*

La sainte porte la main droite sur sa poitrine et appuie son bras gauche sur la roue, instrument de son supplice. Le corps est de face; la tête est de trois quarts, tournée à gauche. C'est le carton du tableau, provenant de la galerie Aldobrandini, qui se trouve dans le *National Gallery* de Londres. Dessiné à la pierre noire, rehaussé de blanc (les contours sont piqués). Hauteur 0 mèt. 587 millim., largeur 0 mèt. 436 millim.

Ce dessin provient de la collection Jabach, achetée par Colbert pour Louis XIV.

324. — *La Bataille de Constantin.*

Première pensée de la fresque peinte, après la mort de Raphael, par Jules Romain, dans une des salles du Vatican. Dessin comprenant environ quatre-vingts figures principales, d'anges, d'hommes et de chevaux, outre un grand nombre de figures accessoires.

Dessin à la plume, vigoureusement lavé de bistre et rehaussé de blanc sur papier gris. Hauteur 0 mèt. 377 millim., largeur 0 mèt. 857 millim.

Ce dessin a été acquis par le musée, en mars 1852, des héritiers de M. Labenski, ancien direc-

teur de la galerie de l'Ermitage, à Saint-Péters-
bourg, au prix de six mille francs. Il est exposé à
la salle des Boîtes.

A l'occasion de ce dessin, M. Reiset, conserva-
teur au musée national, fait les observations suivantes, dans sa Notice sur les dessins de la salle
du Louvre, page 256. « Quelles que soient la
beauté et la célébrité de ce dessin, nous devons,
pour rendre hommage à la vérité, avouer qu'il
nous paraît être plutôt l'œuvre d'un élève travaillant sous la directioon du maître que celle du maître
lui-même. L'exécution de Raphael est ordinairement plus simple, plus brève, plus légère. Les
figures qui sortent de sa plume ont une certaine
grâce particulière et supérieure, que nous ne
retrouvons pas ici; et enfin, tout en l'admirant
beaucoup, nous pensons qu'il aurait été encore
plus beau si Raphael l'avait fait, au lieu de le faire
faire. Mais dans les dernières années de sa vie, la
multiplicité des travaux dont il était surchargé, et
qu'il menait de front, l'obligea souvent à recourir
à ses élèves. Cette collaboration, toujours crois-
sante, suffit à expliquer les défaillances et les iné-
galités qu'on remarque dans certaines œuvres de
son âge mûr, défaillances qui, nous en sommes
bien convaincu, ne doivent pas être attribuées

à d'autres causes. Quoi qu'on en ait dit, les dons extraordinaires que la nature lui avait si largement départis restèrent entiers et sans altération jusqu'au dernier moment. »

Le dessin de *la Bataille de Constantin* appartenait, dans le xviie siècle, au comte de Malvasia. En 1714, le célèbre amateur Crozat acheta, à Bologne, toute la collection du comte, et avec elle notre dessin. Il fut vu et admiré chez Crozat par Richardson, qui en parla avec détails. Il passa ensuite dans la galerie du baron de Thiers, neveu et héritier de Crozat, et de là en Russie, lorsque l'impératrice Catherine II fit l'acquisition de cette galerie. Il fut, comme nous l'avons dit, rapporté de Russie en 1852, et entra immédiatement au Louvre.

325. — *Apparition de saint Pierre et de saint Paul à Attila.*

Le roi des Huns, marchant contre Rome, s'arrête frappé d'épouvante à la vue des deux apôtres armés d'épées qui s'avancent dans les airs à sa rencontre.

Première pensée de la fresque peinte en 1513 ou 1515 dans la chambre dite d'Héliodore, au Vatican. Dans la peinture, Raphael a supprimé plusieurs figures de soldats qui forment la partie gauche de la composition, et les a remplacées par le pape **Léon**, qui, suivi d'un nombreux clergé, s'approche monté sur une mule et donnant sa bénédiction.

Lavé de bistre, rehaussé de blanc sur vélin, hauteur 0 mèt. 362 millim., largeur 0 mèt. 592 millimètres.

Ce superbe dessin, qu'une longue exposition à la lumière a altéré, se trouvait, en 1530, à Venise, dans la collection de Gabriel Vendramin. Dans le xviiᵉ siècle, il devint la possession du célèbre banquier amateur Jabach, et fit partie de la collection vendue, en 1671, à Louis XIV. Il est exposé salle des Boîtes.

326. — *Le pape Jules II porté sur la* sedia gestatoria.

Il est précédé de la croix, accompagné de hallebardiers et suivi d'un cardinal monté sur une mule. Le cortège se dirige vers la droite. Dessin à la plume; hauteur 0 mèt. 420 millim., largeur 0 mèt. 288 millim.

Ce dessin a appartenu à M. de Saint-Morys, qui l'a gravé en fac-similé. Salle des Boîtes.

327. — *Psyché présentant à Vénus le vase contenant l'eau du Styx.*

Étude d'après nature, et très arrêtée pour la fresque, peinte sous la direction du maître, pour

Agostino Chigi, dans son palais de la Farnésine.

Dessiné à la sanguine ; hauteur 0 mèt. 265 millim., largeur 0 mèt. 197 millim. A appartenu aux collections Malvasia, Crozat et Mariette.

328. — *Figure allégorique de femme debout, représentant le Commerce.*

Elle est légèrement vêtue, le corps est de profil, la tête de face, les jambes nues, le bras gauche levé. Pour une des cariatides peintes en grisaille qui ornent le bas de la chambre d'Héliodore, au Vatican. Dessiné à la sanguine ; hauteur 0 mèt. 260 millim., largeur 0 mèt. 132 millim.

329. — *Portrait de Maddalena Doni.*

Elle est vue en buste et de trois quarts, les deux mains posées l'une sur l'autre. Étude pour la peinture du palais Pitti. Dessin à la plume ; hauteur 0 mèt. 222 millim., largeur 0 m. 159 millim.

Ces deux derniers dessins proviennent de la collection Jabach.

FIN DE L'APPENDICE

TABLE

___

7439. — Tours, impr. Mame.

BIBLIOTHÈQUE

DE LA

JEUNESSE CHRÉTIENNE

FORMAT IN-8° — 3e SERIE